봄 내음보다 너를

강설 지음

봄 내음보다 너를

목차

프롤로그　　　　　　　　　　　　　　　　9

1장. 우연이 아닌 만남
우리는 모두 도움을 입어 살지　　　　　　16
눈으로만 봐주세요　　　　　　　　　　　23
우리, 집으로 가자　　　　　　　　　　　32
너의 이름은 보미　　　　　　　　　　　　41
보미가 보내는 편지　　　　　　　　　　　54

2장. 매일이 설렘
오늘 우린 닿았어　　　　　　　　　　　　56
언제나 배고파　　　　　　　　　　　　　64
너도 같이 가자　　　　　　　　　　　　　71
너, 내 이불 메이트가 되라　　　　　　　　78
너밖에 없어　　　　　　　　　　　　　　83
보미가 보내는 편지　　　　　　　　　　　91

3장. 익숙함과 무관심 사이에서

새 친구를 사귀는 건 축하할 일이지만	94
미안해, 그래도 내 맘 알지?	104
할머니는 요술쟁이	113
우리 애가 그런 거 아니에요	122
네가 살린 거야	128
보미가 보내는 편지	136

4장. 생각보다 빨리 찾아온 아픔

어두웠던 등잔 밑	138
그게 무슨 말씀이세요, 선생님	143
무거운 산책길	152
이별을 연습한다는 게 말이 되니	158
보미가 보내는 편지	167

5장. 믿기지 않는 현실

네게 줄 최선은	170
싫어, 싫다고, 싫다니까!	176
기꺼이 낮아질게	182
한 데 담기자	187
보미가 보내는 편지	202

6장. 무지개다리를 건너

사랑은 언제나 이별이 돼	204
더 이상 다섯은 없어	209
그것까지 내 몫	214
보미가 보내는 편지	228

7장. 다시 돌아갈 수 있을까

아무리 준비해도 소용없는 것 230
다시 시작할 용기가 없어도 242
여름이 와도 봄을 잊는 건 아니야 252
보미가 보내는 편지 262

에필로그 263
반려인이 보내는 편지 266

프롤로그
힘이 안 나는데 왜 자꾸 힘을 내라고 할까요?

우리 삶에는 언제나 눈부시고 기분 좋은 일만 일어나진 않습니다. 슬픔의 크기를 비교할 수 없지만, 그 중에서도 죽음으로 인한 이별의 슬픔이 그 누구도 얕은 아픔이라고 말할 수 없습니다.

"힘내. 네가 계속 슬퍼만 하면 먼저 간 애가 슬퍼하지 않겠어? 이별은 원래 힘든 거잖아. 그래도 그 정도면 오래 살았잖아. 다행이라고 생각해. 넌 할 만큼 했어. 너무 오래 슬퍼하진 마."

힘든 일을 겪은 사람을 위로하고자 건넨 말이 오히려 상대의 아픔을 가중할 때가 많습니다. 비슷한 일을 겪은 이는 그 나름의 주관대로, 유사한 경험이 없는 이는 또 그 생각대로 '위로의 말'을 하지만, 오히려 마음을 닫게 만들기 때문입니다.

오랜 시간 사랑했던 강아지와의 이별. 분명 이미 벌어진 일이고 두 눈으로 목격했음에도 도무지 실감이 나지 않습니다. '악' 소리도 낼 수 없을 만큼 심장을 조이는 통증이 느껴집니다. 몸은 그대로 여기에 있는데, 몸속 장기와 혈액이 동시에 지면 아래로 꺼진 듯한 기분이 듭니다. 아무것도 먹지 않아도 배고프지 않습니다. 속에 음식을 아무리 넣어도 허기가 달래지지 않습니다. 평소라면 웃을 일에도 아무 감정이 느껴지지 않고, 나도 모르는 새에 눈물이 흘러 손등에 투둑투둑 떨어집니다. 잠이 오지 않기도 합니다. 하루의 절반을 침대에 누워 있어도 기운이 나질 않습니다. 분명 최선을 다해 해줄 수 있는 일을 다했지만, 모든 것이 내 잘못인 것만 같이 느껴집니다. 내가 더 잘해야 했는데, 혼자 두지 말아야 했는데, 다 내 잘못이지, 자책의 소리는 끝도 없이 커져 가슴에 못으로 박힙니다. "슬프다, 힘들다."라는 간단한 세 음절은 감히 여러분의 고통을 조금도 표현하지 못하죠.

책 속 이야기에는 강아지 한 마리가 등장합니다. 태어나 처음 디딘 길부터 무지개다리에 도착하기까지의 여정을 담았습니다. 생애 첫 반려견과 이별을 경험한 견주, 질병으로 오늘 살아있는 것이 기적인 10살 노견을 돌보는 견주, 입양 이틀 만에 강아지와 이별한 견주, 여러 강아지를 키우던 중 한 마리와 이별한 견주, 교환학생 시절 홈스테이로 만난 강아지와 이별한 견주까지. 강아지를 사랑하는 여러 견주님과 인터뷰를 나눴고, 그 소중한 추억들은 이 책의 큰 줄기가 되었습니다.

무지개다리를 건넌 사랑스러운 동물 친구들이 여러분께 비난을 건넬까요? 아니면, 원망하며 으르렁거리고 있을까요? 사실 그럴 리 없다는 걸 이미 알고 있지만, 너무 많이 운 탓에 귀가 먹먹해져서 친구들의 말이 잠시 들리지 않을 수도 있다는 상상을 해봅니다. 그래서 친구들의 말을 담았습니다. 제가 바라는 것은 여기 담긴 강아지의 말이, 그 마음이 여러분의 마음에 도착하는 것뿐입니다.

힘을 내어 이 책을 펼쳐 주셔서 고맙습니다. 코끝이 시큰한 채로 전하는 위로가 오해 없이 전달되길 마음 깊이 바랍니다. 한 생명을 온몸으로 사랑한 당신께, 그리고 여전히 모든 것을 선명히 기억하는 귀한 당신께 존경을 표합니다.

무지개다리를 건넌 뽀야를 추억하며,
강설 드림

안녕하세요, 강아지 친구들. 무지개 나라에 온 걸 환영합니다. 전해야 할 안내 사항이 여럿 있지만, 가장 흥미로운 것을 먼저 소개하도록 하죠.

 자, 이 자그마한 날개가 보이나요? 이 '추억 날개'를 달면 그리운 가족을 만나러 갈 수 있습니다. 단, 당신의 모습과 목소리는 들리지 않죠. 그저 바라보는 것만 허락됩니다. 태어난 날부터 마지막 죽는 날까지, 딱 한 번 다시 볼 수 있어요. 때에 따라 '만남'이 먼저 펼쳐지기도, 혹은 '아픔'이 먼저 펼쳐지기도 하죠. 가장 인상적인 사건부터 보이니 참고해 주세요.

 아, 가장 중요한 사실을 빠뜨릴 뻔했네요. 추억 날개는 인간 가족 덕에 만들어졌습니다. 여러분을 향한 애절함이 무지개 나라에 도착해 '추억 날개' 제도가 생겨났거든요. 그럼, 강아지들! 안녕하고 행복한 추억여행 해요!

🐕 안녕, 언니! 오늘 나는 '추억 날개'를 달고 여행을 떠나려고 해! 바라보기만 해야 한다는 게 아쉽지만, 그래도 난 기뻐. 곧 만나, 영원한 내 가족.

우리는 모두 도움을 입어 살지

 드르륵드르륵.
 굳게 닫혀있던 철문이 열리고, 인부들이 하나둘 머리에 안전모를 얹으며 공사장으로 들어섰다. 낑. 끼잉. 소란한 가운데 어디선가 낯선 소리가 아주 미세하게 들렸다. 마지막으로 들어서던 인부 한 명이 소리를 따라 고개를 돌렸다.
 낑. 끼익. 끄앙.
 "어? 반장님. 여기 강아지들 있는데요?"
 "뭐? 강아지?"
 막내 인부가 부르는 곳으로 가보니 갓 태어난 핏덩이 다섯 마리가 어미의 젖을 찾아 꿈틀거리고 있었다. 강아지가 있다는 소리에 연장을 챙기던 인부들이 한순간에 모여들었다. 아침 일찍 일어난 탓에 피로감이 가득 묻어있던 인부들의 얼굴 위로 행복한 미소가 번졌다. 갑자기 모여든 인부들의 시선이 느껴졌는지 녀석들은 서로의 몸을 더 가까이 비비며 어미의 품으로 더욱 파고들었다.
"이야, 고놈들. 참 귀엽게 생겼네."
"아, 이거 어떡하지? 일 시작해야 하는데?"
"야, 막내! 이거 얼른 처리하고 와."
"네? 제가요?"
"그럼, 우리가 하리?"
"아, 네. 알겠습니다…."
 막내 인부는 한쪽 구석에서 빈 상자 하나를 주워 먼지를 툭툭 털어냈다. 두꺼운 모포를 푹신하게 깔고 새끼들을 하나둘, 그렇게 다섯을 담았다. 왈왈! 어미는 새끼들에게 눈을 고정한 채 막내 인부를 향해 짖어댔다. 하얗게 먼지 묻은 박스를 채우는 다섯 울음이 묘하게 조화를 이뤘다. 소리에 반응하듯 어미는 박스 옆을 왔다 갔다 했다. 막내 인부는 얼마 전 강아지를 분양받았다던 친구 녀석에게 전화를 걸었다.
"야~ 너 얼마 전에 강아지 분양했다고 했지? 그 펫숍 연락처 아직 있어?"

펫숍 주인에게 대신 상황을 설명하겠다는 친구와 통화를 마친 막내 인부는 박스 앞에 쪼그려 앉아 어미 개의 머리를 쓰다듬으며 말했다.

"아저씨 일하고 올 동안 새끼들 잘 지키고 있어."

막내 인부는 현장으로 들어가려다 말고 방향을 틀었다. 널찍한 플라스틱 뚜껑에 물을 가득 채워 어미 개 앞에 내려놓았다. 그간 깨끗한 물을 마시지 못한 어미는 물그릇에 얼굴을 박고 허겁지겁 마시기 시작했다.

"얼마나 목이 말랐으면. 야, 천천히 마셔. 이제 나 진짜 일하러 간다?"

막내 인부는 쉽게 발이 떨어지지 않는지 어미 개와 강아지들이 있는 곳을 연신 돌아보았다. 그리고 어미 개는 고개를 들어 그 모습을 물끄러미 바라보다가 막내 인부의 모습이 먼지만큼 작아진 후에야 새끼들이 있는 상자로 걸음을 옮겼다. 어미가 상자 안으로 얼굴을 밀어 넣자, 어미의 냄새를 찾던 다섯 강아지의 분홍빛 코가 바쁘게 씰룩거렸다. 끼잉. 낑. 그칠 줄 모르던 강아지들의 울음소리는 어미가 핥으며 쓰다듬자마자 거짓말처럼 잦아들었다. 어미의 관심이 훑고 지나간 강아지들은 어미와 더 가까이 닿기 위해 계속 꼬물거리며 움직임을 멈추지 않았다.

🐶 그러고 보니 이 아저씨가 없었으면 우리 가족도 못 만났겠네…. 이름 모르는 아저씨 고마워요. 그러고 보니까 엄마가 핥아주면 금방 편안했던 것 같아. 잠이 올 뻔했다니까! 이때 엄마 얼굴 좀 더 오래 봐둘걸. 언니네 가족이랑 지내면서 엄마가 그리울 때가 참 많았거든…. 추억 여행 끝나고 돌아가면 어리광 많이 부려야지!

 지이잉. 지이잉. 시곗바늘이 12시를 가리키자마자 막내 인부의 휴대전화가 부르르 떨리기 시작했다. 작업복 조끼 한편의 지퍼를 열고 전화를 받았다. 아침에 통화한 친구가 금방 도착한다고 했다. 막내 인부는 작업하는 동안 먼지로 뒤덮인 작업복과 손을 보고 세면대로 달려가 벅벅 손을 씻어냈다. 잔뜩 비빈 손에 맺힌 하얀 거품은 물에 씻겨 금세 사라졌지만, 비누향기가 은은히게 남았다. 친구는 도착하자마자 얼른 보러 가자며 재촉했다.
"와. 얘네 진짜 귀엽네. 내가 한 마리 데려갈까?"

"너 이미 한 마리 있다며. 가능하냐?"
"아니. 당연히 안 되지. 우리 콩이는 아직 다른 애들이랑 합사하긴 일러. 그리고 한 마리 감당하는 것도 쉬운 일 아니야."
"뭐냐. 그럼 데려가지도 않을 거면서."
"아이, 그만큼 귀엽다는 뜻이지. 박스에 잘 넣어놨네. 그럼 내가 펫숍에 데려다 놓는다."

아르르를. 컹컹! 막내 인부의 친구가 강아지들이 담긴 박스를 들어 올리자마자 어미가 사납게 짖어댔다. 찌를 듯 높게 꼬리를 세우고 날카로운 이빨을 드러내며 으르렁거리자, 막내 인부가 침착하게 어미를 진정시켰다.

"야, 네 새끼들을 어떻게 하려는 게 아니라, 잘 돌봐주려는 거야. 너랑 떼어놓게 돼서 미안한데, 이 방법밖엔 없어. 네가 좀 이해해 주라. 여기 공사판에서는 새끼들을 키울 수가 없어. 너 한 마리는 내가 어떻게 돌보겠지만 새끼들은 좋은 주인 만나게 해줘야지. 내가 어마어마한 부자면 너희 다 데려다 키울 텐데. 그건 불가능한 일이야."

🐶 엄마, 걱정하지마. 저 아저씨가 우리를 더 안전한 곳으로 데려다줬거든. 엄마랑 헤어지는 건 무섭고

슬펐지만, 덕분에 새로운 가족들을 만날 수 있었어. 너무 미안해하거나 너무 슬퍼하지 말고. 엄마는 우리를 지키기 위해 모든 걸 다했잖아. 이제는 나도 그걸 알아.

막내 인부는 어미를 온몸으로 껴안고 목덜미를 쓰다듬었다. 어미는 낑낑 소리를 내면서도 막내 인부의 품에 가만히 안겨 있었다. 끼잉. 흐응. 입을 꾹 다문 채 새끼들과 막내 인부를 번갈아 보던 어미의 눈에 서서히 눈물이 차올랐다.
"에헤이. 왜 울어. 네가 울면 내가 더 미안해지잖냐. 새끼들과 함께 살도록 도와주지 못해서 미안하다. 어? 울지마라. 이거 심란하네."
"허어어엉. 너무 슬퍼. 내가 강아지들 어떻게 데려가냐. 흐엉."
"아씨, 네가 왜 우냐? 그만 울고, 빨리 강아지들 펫숍에 잘 데려다줘."
"흐윽. 끅. 알겠어. 내가 강아지들 잘 데려다줄게. 우리 콩이도 그 펫숍에서 데려온 건데, 사상님이 엄청 착해. 잘 돌봐주니까 너무 걱정하지 말고. 나 간다."
점심 식사를 마친 공사장 인부들이 이쑤시개로 이를

쑤시며 문을 나서다가 막내 인부를 발견하고 다가왔다.
"어이, 막내. 아침에 걔네는 어떻게 했어?"
"아, 네. 친구가 근처 펫숍에 데려다주기로 했습니다."
"그래? 잘했네. 근데 이 개는 왜 아직 여기 있어. 얘는 어쩔 거야?"
"아…. 이 개는… 제가 책임지겠습니다."

🐶 엄마는 어떻게 지냈는지 알 수가 없었는데, 막내 아저씨랑 같이 지냈구나. 정말 다행이야. 막내 아저씨, 고마워요.

눈으로만 봐주세요

 "안녕하세요, 사장님! 네. 저 아침에 전화드렸던 콩이 형이에요. 말씀드렸던 강아지들을 데리고 이제 펫숍으로 가려고요."
 친구의 품에 안긴 강아지들은 어디로 가는지, 어떤 상황인지 알지 못한 채 깊은 잠에 빠져 있었다. 펫숍 주인과 통화를 마친 친구는 평소보다 느릿한 걸음으로, 강아지들에게 시선을 고정한 채 이동했다. 혹여 강아지들의 단잠을 깨울까 조심하는 그의 배려였다.
 띠링.
 "어서 오세요. 아, 안녕하세요. 콩이 보호자님."
 "사장님! 여기 강아지들 데려왔어요. 여기를 며칠 만에 또 오게 될 줄 몰랐는데 신기하네요. 하하."
 "또 뵈니 반가운걸요! 마침, 숍에 자리가 남아서 다행이에요."

펫숍 주인과 대화를 나누며 친구는 계산대 한가운데에 강아지들이 담긴 박스를 내려놓았다. 잠든 강아지들이 깨지 않도록 조심해서 내려놓느라 집중한 그의 입술이 동그랗게 말려 아래로 쭈욱 내려앉았다.

"읏차. 그럼 잘 부탁드려요, 사장님. 저는 콩이가 집에서 애타게 기다리고 있어서 얼른 가보겠습니다! 나중에 사료 떨어지면 사러 올게요."

"네, 강아지들 걱정은 마시고 조심히 들어가세요!"

"네. 또 봬요!"

띠링. 친구가 문을 열고 나가자, 펫숍 주인은 상자 안으로 옴폭하게 오므린 손을 넣어 한 마리, 한 마리 차례대로 강아지 등을 쓰다듬었다. 펫숍 주인의 손길 따라 얼굴을 옮기려는지 강아지들은 짤따란 다리를 버둥거렸다.

"강아지들아, 안녕! 좋은 아저씨한테 발견되어 정말 다행이야. 덕분에 우리가 이렇게 만났으니까. 읏차. 얼굴 좀 자세히 볼까요? 아이고, 먼지를 잔뜩 뒤집어썼네. 우리 한 마리씩 목욕해 보자!"

펫숍 주인 손에 들려있던 강아지 한 마리가 그녀의 엄지손가락을 왕! 하고 깨물었다. 아직 이가 나지 않아 분홍 잇몸밖에 없으면서도 놓치지 않으려고 애쓰는 게, 마치 어미 젖을 찾아 빠는 듯했다. 펫숍 주인은 능숙하게 싱크대 옆 상판에 놓인 강아지 전용 분유통을 열었다. 스윽 탁. 스윽 탁. 상아색 가루를 젖병에 한 스푼, 두 스푼 털어 넣었다. 뽀얀 가루가 젖병을 타고 들어가면서 옅은 가루 안개가 일렁였다. 젖병에 물을 가득 담고 분유통을 흔들어 섞었다. 착착착착착. 어느새 젖병 다섯 개가 나란히 자리를 잡았다.

"오구, 배고팠지? 언니가 맘마 줄게. 조금만 있어봐! 씻기 전에 맘마부터 먹자. 다 줄 테니까 잠깐만 있어봐, 얘들아."

🐶 맞아! 그때 정말 배고팠는데 펫숍 언니가 바로 알아채 줘서 고마웠어. 그런데 내가 처음에 펫숍 언니 손가락을 물었구나. 하하하하. 언니, 내가 그때 너무 배가 고팠어요. 그리고 그때 언니가 안아준 손길이 참 따뜻했어요. 괜히 오랜만에 분유 맛이 생각나네. 쩝.

누가 먼저랄 것도 없이 젖병을 깨끗이 비운 강아지들은 마치 약속한 듯 서로 몸을 가까이 붙였다. 까아암. 배가 부르고 몸이 따뜻해진 강아지들은 눈을 겨우 뜬 채 연신 하품을 해댔다. 펫숍 주인은 혹여나 강아지들이 바닥으로 굴러떨어지지 않게, 동그랗게 울타리를 치고 구름무늬가 그려진 부드러운 담요를 덮어주었다. 어느덧 수조 안에 틀어놓은 물이 제 온도를 찾아 주변의 공기까지 따뜻하게 데웠다. 펫숍 주인은 가장 왼쪽 끝에 있는 강아지부터 들어 올려서, 놀라지 않도록 손바닥 가득 물을 담아 발끝부터 천천히 적셔 주었다.

"아이, 착하다. 잘 씻어야 해. 꼬질꼬질하면 세균이 몸 아프게 할 수도 있어요~"

이내 딸기향 비누를 강아지 몸에 둥글게 문지르며 거품을 만들었다. 옅은 분홍빛 구름이 먼지 섞인 몸을 감싸자마자 깨끗한 물로 헹구고 수건으로 물기를 닦아주었다. 누군가 알려주지 않아도 이미 몸에 새겨진 DNA처럼, 강아지는 다리를 사다리꼴 모양으로 넓게 펼치고 고개와 몸통을 좌우로 빠르게 흔들어 물기를 털었다. 말끔히 목욕을 마친 다섯 마리 꼬물이들의 몸은 아직 털이 짧아 옅게 분홍빛 피부가 드러났다.

펫숍 주인은 강아지들이 가족을 찾을 때까지 머물러있을 자리를 준비하기 시작했다. 비어 있는 칸에 흰 배변패드를 가지런히 깔고, 물과 사료가 담긴 초록색 그릇과 강아지의 몸을 덮을 손수건을 놓았다. 투명한 벽 너머로 보이는 강아지들의 모습을 보며 펫숍 주인은 슬며시 미소 지었다. 새로운 보금자리에 금방 적응한 강아지들은 금세 새근새근 잠들었다. 도넛처럼 동그랗게 몸을 말아 자는 강아지들을 보며 펫숍 주인은 무드 등만을 켜두고 모든 조명 스위치를 내렸다.

"고생했어, 얘들아. 이제 푹 쉬렴. 아무래도 너희들은 좋은 주인을 만날 운명인가 봐. 공사장에서 구출되기가 쉽지 않은데 말이야. 살아있어 줘서 고마워. 잘자~"

 탁. 다음 날, 펫숍 주인은 문을 열고 들어오자마자 가게 안을 밝혔다. 햇살이 구석구석 도착한 펫숍의 아침은 어제보다 생기가 돌았다. 여기가 어디인지, 또 자신이 누구인지 명확하지 않아 어리둥절함이 온몸에 가득한 다섯 강아지가 특히 눈에 띄었다. 어느덧 강아지들은 하나둘 잠에서 깨어났다. 눈 뜨지도 못한 채 하품을 쩍 하기도 하고, 밤새 말랐던 목을 축이기도 하고, 괜히 '왈왈'

짖기도 하면서.

 펫숍 주인은 부지런하게 움직였다. 밤새 노랗게 지도 그린 패드를 새것으로 바꿔주고, 물그릇을 깨끗이 닦아 물도 새로 채워주었다. 부스럭, 부스럭. 판매용으로 진열해 둔 사료나 간식도 거침없이 뜯어 강아지들을 챙겼다. 배가 고팠던 강아지들은 각자의 밥그릇에 고개를 파묻고는 온몸으로 먹었다. 그러고는 부지런히 배를 채우자마자 소화할 시간도 없이 꼬물이들은 다시 깊은 수면에 빠져들었다.

 띠링. 펫숍 주인은 유리창을 닦기 위해 가게 밖으로 나갔다. 문이 열리고 닫힐 때마다 경쾌한 종소리가 짧게 울렸다. 창에서 뽀득뽀득 소리가 날 때까지 정성껏 닦고 또 닦았다. 가게 앞을 지나다가 이곳의 강아지들을 보고 기꺼이 가족이 되어줄 누군가를 기다리는 간절한 마음을 담아.

 눈으로만 봐주세요. 두드리면 아가들이 놀라요. 부탁합니다.

 문에 걸린 팻말 안내판의 테두리는 검지 손가락에 행주를 감싸 더 여러 번 닦았다. 삐걱삐걱. 먼지 한 톨 없이 깨끗해지고 나서야 펫숍 주인은 다시 가게 안으로 들어갔다.

"어머나! 이 강아지들 너무 귀엽다. 얘네는 처음 보는 애들인데?"

"그러게. 어제 새로 왔나 보다. 말티즈인가? 완전 새끼인가 봐! 너무 작아. 어떡해. 귀여워라~"

"아프지 말고, 지금처럼 예쁘게 잘 자라렴. 아, 나는 언제 강아지 키워보나~"

사람들은 바쁘게 걷다가도 창 너머로 보이는 강아지들의 모습이 귀여운지 걸음을 멈추곤 했다. 그리고 백이면 백, 강아지를 바라보는 얼굴 전면에 미소가 피어올랐다.

띠링. 흐흐으응. 경쾌한 종소리와 함께 어린아이처럼 신이 난 한 중년 여성이 콧노래를 부르며 가게 안으로 들어섰다. 초콜릿색 베레모 아래로 풍성한 머리칼을 길게 늘어뜨린 모습으로.

"어서 오세요."

"아! 안녕하세요. 저, 강아지 입양하려고요."

"예, 그럼 천천히 둘러보시고 자세히 보고 싶은 강아지가 있으시면 말씀해 주세요."

중년 여성은 유리막 안에 있는 강아지들을 천천히 꼼꼼하게 살펴보았다. 한 마리 한 마리 귀 끝 털부터 발톱까지 모든 강아지와 눈 맞춤을 하는 여성의 올라간 입꼬리가 내려올 줄 모를 만큼 기분이 좋아 보였다. 갈색빛의 털이 보글보글한 푸들을 발견한 여성은 유리막 가까이로 얼굴을 붙이며 이야기했다.

"아유, 토이푸들 여기 있네. 제가 찾던 애가 여기 있네요~ 오늘 우리 집으로 가자, 아가야. 귀여워라. 털이 완전 초콜릿색이네요. 어쩜. 그래 딱 너처럼 생긴 푸들을 데려가고 싶었어. 이 친구 데려갈게요."

"네, 알겠습니다. 기본적인 물품 조금 챙겨드리려고 하는데 괜찮으실까요?"

"호호. 괜찮아요. 이미 집에 최고급으로 준비해 놓아서 안 주셔도 돼요~"

"아, 그러시군요. 그럼 가져오신 이동 가방에 강아지가 사용했던 배변 패드 하나만 깔아드릴게요. 낯선 곳으로 가야 하다 보니, 익숙한 냄새가 전혀 맡아지지 않으면 불안이 높아질 수 있거든요."

"네, 좋아요. 집에 가서도 바닥에 깔아주면 되죠?"

"네, 맞아요."

"자, 여기로 들어가서 이제 엄마랑 집으로 가자~"

유리막에서 나온 푸들은 이미 여성의 품에 안겨 있었다. 펫숍 주인은 푸들이 지내던 자리의 물그릇과 담요를 정리하고, 배변 패드 하나를 이동 가방 내부에 깔아주었다. 이동 가방 앞에 선 푸들은 고개를 갸우뚱 거렸다. 이내 조그만 검정 코를 씰룩거리며 자신의 냄새를 따라 가방 안으로 쏘옥 들어갔다. 지이이익. 지퍼를 닫고 여성은 이동 가방을 번쩍 들어 품에 안았다.

"여기 입양 후 알아두셔야 할 주의 사항이랑 인근 동물병원 연락처에요. 그리고 푸들 친구들에 대한 특성도 제가 따로 정리해 놓은 리플렛이 있어서 같이 챙겨 드릴게요~"

"오, 고마워요. 사장님이 참 친절하시네! 가서 찬찬히 읽어볼게요."

"네, 그럼 조심히 들어가세요. 푸들아, 잘 지내! 안녕~"

여전히 가게 안에 남아있는 다른 강아지들은 문을 나서는 여성과 강아지의 모습을 한참이나 바라보는 듯했다. 그리고 둘의 모습이 시야에서 사라지자 느릿하게 몸을 웅크려 숨어버렸다.

우리, 집으로 가자

 따스한 햇살이 활짝 열린 창문을 넘어 거실 바닥을 가득 채운 어느 날. 거실 바닥에 엎드려 있던 양 갈래머리의 가은이가 강한 햇볕에 눈을 찌푸리면서도 그 자리에 가만히 엎드려 있었다. 새로운 일을 떠올리는지, 지난 일을 곱씹고 있는지 모르지만, 고사리손을 턱에 괴고 골똘히 있는 모습은 분명 깊은 생각 속에서 헤매고 있는 듯했다.

 "안 되겠어. 또 보러 가야겠다."

 야무지게 검지를 뒤꿈치에 끼워 넣으며 왼발 오른발 나설 채비를 했다. 처음 가보는 곳이 아닌지, 걸음걸이에 머뭇거림이 전혀 없었다. 지금은 살랑이는 나비도, 자리가 비어 흔들거리는 그네도 가은의 눈에 들어오지 않는다. 오로지 하나, 강아지를 만나고 싶은 마음뿐이었다.

탁탁탁. 펫숍으로 향하는 가은의 발걸음에 속도가 붙었다. 신호등의 붉은 빛이 걸음을 막을 때면 제자리에서 양발을 재빠르게 동동거렸다. 헉헉. 부지런히 움직인 탓에 관자놀이를 따라 땀방울이 맺혔고 숨이 점점 가빠졌다. 보송하던 앞머리도 어느새 땀에 젖어 이마에 착 달라붙었다.
"으아, 빨리 초록불로 바뀌어라!"

  둥. 속도를 채 줄이지 못한 가은의 이마가 유리창에 부딪친 소리가 울려 퍼졌다. 때마침 불어온 바람이 가은의 귀 양옆으로 헝클어진 잔머리를 살랑였다. 가은은 부딪친 곳이 아프지도 않은지 유리창 너머로 보이는 강아지들부터 훑어보았다. 강아지들은 몸을 동그랗게 웅크린 채 쌔액쌔액 잠들어 있기도 하고, 잠이 아직 덜 깬 듯 멍한 눈빛으로 가만히 멈춰있기도 했다. 그중에서도 유난히 흰 털을 흩날리는 강아지를 보고 가은은 새하얀 이를 보이며 활짝 웃었다. 강아지는 꼬리를 잡기 위해 빙그르르 돌기도 하고, 바닥에 놓여 있는 장난감을 앞발로 꾹꾹 누르기도 했다. 그런 강아지 모습에 가은은 완벽하게 시선을 빼앗겼다.
  "안녕, 아기 강아지야! 오늘도 있네. 다행이다."

가은은 마치 강아지를 어루만지듯 유리창 위를 쓰다듬었다. 여러 번 찾아간 가은을 알아보기라도 한 걸까. 유리창 너머의 강아지가 두 발을 들고 서서 가은과 눈을 맞췄다.

> 🐶 맞아. 언니가 날 보러 참 자주 찾아왔었어. 그때마다 얼마나 반가웠는지 몰라. 그런데, 언니 나 궁금한 게 있다? 하얀색 강아지가 다섯 마리나 있었는데, 어떻게 매번 날 알아본 거야? 언젠가 꼭 물어보고 싶었어. 헷갈리지 않고 항상 내 앞에 멈추어준 언니의 눈길이 참 따뜻했거든.

함께 하고 싶은 마음은 점점 자라났지만, 당장 가은이 할 수 있는 일이라고는 더 자주 유리창 앞으로 달려오는 것뿐이었다. 계속 눈도장을 찍어두면 다른 손님들이 데려가지 않을 거라 굳게 믿었기 때문이었다. 혼자 보러 가던 가은이 동생 다희를 데리고 강아지를 만나러 가기 시작했다. 자매가 함께 찾아오는 날엔 강아지도 콩콩콩 제자리에서 뜀박질했다. 꼭 반갑게 맞아주는 것처럼. 그러면 자매는 나란히 서서 잡은 손을 더 꼭 쥐며 강아지에게 활짝 웃었다. 그냥 보기만 하다가 가기를 반복하던 어느 날.

"곧 엄마랑 아빠한테 얘기하고, 또 우리 집에 네 밥이랑 집이랑 방석이랑 다 준비하면 꼭 데리러 올게. 다른 사람 따라가면 안 돼!"

"맞아. 꼭 우리랑 같이 가족 하자, 강아지야!"

제 말을 알아들을 리 없지만 자매는 유리창 너머의 강아지에게 입을 크게 벌려 전했다. 강아지는 자매가 있는 유리창에서 발을 떼지 못하고 바라보고 있었다.

"히익!" 가은은 손목시계가 가리키는 시곗바늘을 보고 화들짝 놀랐다.

"우리 벌써 여기 30분이나 있었어! 이제 얼른 집에 돌아가자. 곧 학습지 선생님 올 시간이야!"

"벌써 그렇게 됐어, 언니? 우리 빨리 가자. 강아지야, 또 만나!"

가은과 다희는 두 손을 꼭 맞잡은 채, 남은 반대쪽 손으로 강아지에게 힘껏 흔들며 횡단보도로 뛰어갔다.

삭삭삭. 어린이가 양 손바닥을 마주한 채 빠르게 비벼 내는 소리는 종잇장을 맞대고 문지르는 듯했다. 눈썹을 아래로 축 떨어뜨린 가은은 너무 간절해서 울 것 같은 얼굴로, 아랫입술을 주욱 내밀며 우물우물 말하기 시작했다.

"밥이랑 물도 매일 제가 줄게요. 산책도 매일 제가 시키고요. 목욕도 제가 잘 해줄 수 있어요. 집에서 큰 소리로 짖지 않게 교육할게요. 엄마랑 아빠 말씀도 잘 듣고 공부도 지금보다 더 열심히 잘할 수 있어요. 진짜예요! 믿어주세요!"

"그래 알았어. 내일 아빠랑 같이 펫숍에 가보자꾸나. 정말 고집은 못 말린다니까."

 설득, 애원, 부탁, 협상, 때론 땡깡까지. 여러 모양의 간절함은 결국 가족 모두가 펫숍을 방문할 명분을 마련해주었다. 거실 한 편에 강아지를 위한 물품을 이미 모두 준비해놓은 상태였다. 엄마는 팔짱을 끼고 있던 손 하나를 턱에 괴며 고개를 양옆으로 저었다. 입술에 미소를 머금은 채로.

"히히. 그럼, 내일 아침에 일찍 일어나자마자 가는 거예요!"

"그래, 그래. 오늘은 일찍 자고 내일 아침에 바로 나가자~"

 확답을 받은 가은은 가벼운 걸음으로 안방을 나섰다. 제 방 침대에 눕자마자 이불을 턱 끝까지 끌어당기고는 이내 이불 속에 파 묻혔다.

"으아, 잠이 안 온다! 아니야. 일찍 자야, 일찍 일어나니까 얼른 자자."

가은은 설렘과 기대감에 반짝이는 눈을 억지로 감고 잠에 들기 위해 애썼다. 그날따라 이불은 더 포근했고, 가은의 얼굴에는 기분 좋은 미소가 띠었다.

언제 이렇게 시간이 지난 걸까. 시곗바늘은 벌써 오전 9시를 가리켰다. 토요일은 가족 모두가 늦게까지 침대 속을 뒹굴뒹굴할 수 있는 날이었다. 하지만 자매는 말똥해진 서로의 눈을 바라보았다. 다람쥐가 나무 위로 잽싸게 오르듯, 누가 먼저랄 새도 없이 자매는 이불을 박차고 일어나 엄마, 아빠가 누워있는 안방으로 달려갔다. 그리고 동시에 소리쳤다.

"강아지 데리러 가요!!"

띠링.
"어서 오세요. 방금 문 열었는데, 딱 맞게 오셨네요!"
"네, 안녕하세요. 우리 애들이 곧 문 연다고 빨리 가자고 하도 재촉하는 바람에… 너무 일찍 왔죠, 저희가?"
"괜찮아요! 자세히 보고 싶은 강아지 있으면 언니한테 이야기해 주면 돼요, 어린이들~"

펫숍 주인의 안내가 끝나기 무섭게 자매는 언제나 들여다보던 강아지 앞으로 걸음을 옮겼다. 동시에 두 손가락이 같은 강아지를 정확하게 가리키며 말했다.
"이 강아지요!!!"
"어머, 너희들 자주 보러 왔었나 보구나! 그럼, 가까이 볼 수 있게 테이블로 옮겨줄게!"

탈칵. 잠겨있던 케이지의 연결고리가 풀어지는 짧고 둔탁한 소리가 들렸다. 까웅~ 생후 3개월이 채 되지 않은 어린 강아지가 인사 대신 연신 하품을 하자, 진한 분유 냄새가 났다.

왕! 강아지가 꼬리를 흔들며 자매와 그 가족에게 가까이 다가갔다. 펫숍 주인도 그 모습을 보며, 편안한 미소

봄 내음보다 너를

강설 지음

추천의 말

봄 내음보다 너를

저는 이 책의 마지막 원고를 넘기고 한참을 말없이 창밖의 풍경을 바라봐야 했습니다. 오랜만에 마신 커피 속 카페인 때문인가 했지만, 그 가슴 저릿함은 카페인의 그것보다 조금 더 따듯했습니다. 보미가 첫 주사를 맞으며 품속에서 바둥거렸던 순간부터 금방이라도 내 품에 달려와 안길 것만 같은 표지 속 보미의 표정까지. 그들의 이야기를 머릿속에 하나하나 그려봅니다.

서로가 서로에게 반짝이던 만남의 순간부터 끝까지 부정하고 싶었던 이별까지, 그 여정이 꽤 아름답지만 또한 허망하고 슬프기도 합니다. 이 복잡 미묘한 감정에 사로잡혀 있다보니 폴 고갱의 '우리는 어디서 왔고, 우리는 무엇이며, 우리는 어디로 가는가?'라는 그림 하나가 떠오릅니다. 폴 고갱은 인간의 삶에 대해 '온 곳은 없고, 우리는 아무것도 아니며, 갈 곳도 없다'라며 비관했지만 강설 작가는 다르게 이야기합니다.

'우리는 사랑에서 왔고, 감정의 결정체이며, 희망으로 간다' 그래서 이 책은 소중한 누군가를 잃어본 모든 독자들에게 잔잔한 위로가 되어줄 겁니다. 이 책을 통해 그리운 누군가가 잠시 떠오른다면 부디 참지 마시고 마음껏 울어보며 그들을 추억하셨으면 좋겠습니다.

아웃오브박스 드림

를 지었다. 이내, 입양 첫날 지켜야 할 주의 사항이나 집에서 강아지 물건을 배치하는 방법, 동물병원 첫 방문 시 유의점 등 반려동물 보호자로서 알고 있어야 할 정보를 전달받았다. 생각보다도 방대한 양이었다. 단번에 흡수하기 어렵더라도 차근차근 기억해 보겠다고 다짐하기라도 하듯 자매는 입술을 앙다물었다.

"강아지에게 언니가 둘이나 생겨서 너무 좋겠다. 막내에게 사랑 많이 줄 수 있겠죠, 어린이들?"

"네!!!!!"

우렁찬 자매의 목소리가 가게 안을 쩌렁쩌렁 울렸다. 그 모습에 펫숍 주인과 부모님은 하하하 웃음을 터뜨렸다. 강아지에게 코를 묻고 숨을 크게 들이마신 가은이 말했다.

"좋은 냄새가 나."

🐶 언니들이랑 엄마랑 아빠를 다 같이 만났을 때 아주 달콤한 냄새가 났어. 내가 비록 아기 강아지였지만 개코잖아. 그리고 처음 맡았던 그 냄새는 우리가 헤어지는 마지막까지 남아있었어. 아무래도 사랑의 냄새였나 봐.

가은은 어린 강아지가 꼬물거리는 테이블 위로 미리 주문한 이동 가방을 올려놨다. 펫숍 주인은 이동 가방 안에 지퍼를 열고 강아지가 쓰던 패드를 반듯하게 깔아 주었다. 첫날부터 강아지가 갖고 놀던 삑삑이 장난감도 가방 안에 넣었다. 이제 강아지가 들어갈 차례였다. 가은은 강아지와 눈을 맞추며 손짓했다.
"강아지야, 여기로 들어와. 우리, 집으로 가자. 우리 집으로."

너의 이름은 보미

 다희는 납작 엎드려 있었다. 아직 잠에서 깨지 않은 새하얀 강아지의 얼굴에 눈길을 고정한 채로. 그 시선이 닿았는지, 강아지가 감은 천천히 눈을 떴다. 그리고 어느새 코 앞까지 다가온 다희의 눈과 정면으로 마주쳤다.
 "안녕, 강아지야. 이제 일어났네! 네가 어제 일찍 잠들어버려서 아직 말을 못 해줬는데, 여기가 우리 집이야. 오늘부터 너는 우리 가족이고 우리 집 막내야. 언니, 우리 강아지 이름은 뭐로 하면 좋을까?"
 "너무 귀여워. 그러게. 얘 이름 뭐로 하지? 고민된다! 잘 어울리는 이름으로 지어주고 싶은데!"
 까윽. 이제 잠이 좀 깨는지, 강아지는 몸을 길게 늘어뜨리며 기지개를 켰다. 가은, 다희 자매는 검지 손가락으로 강아지의 등을 살짝 쓰다듬었다. 새하얀 도화지에 그림을 그리듯 힘을 뺀 손가락 끝은 민들레 홀씨가 살며시

땅에 닿는 것처럼 강아지를 간지럽혔다. 그러자 강아지가 부르르 몸을 털었다. 자매는 그 모습을 보고 손바닥으로 입을 가리며 키득거렸다.

"킥킥. 간지러운가보다. 꿈틀거리네."

바닥에 달라붙은 것처럼 엎드려 있는 자매 곁으로 엄마가 다가와 앉았다.

"너희, 강아지 이름은 고민해 봤어?"

"음, 아직 생각 중이에요. 어떤 이름이 좋을까요?"

"하양이는 어때? 몸이 전부 새하얗잖아."

"아잇! 엄마, 그건 너무 별로예요! 더 특별하고 엄청난 이름을 지어주고 싶단 말이에요."

"그래? 하양이는 너무 단순한가? 그럼, 너희가 더 고민해 보렴~"

"네~~"

자매는 여전히 바닥에 엎드린 채로 다리를 번갈아 까딱거렸다. 집중할수록 잔뜩 힘이 들어간 입술이 붕어처럼 뻐끔거리면서. 사방을 요리조리 훑던 동그란 두 눈이 멈춘 순간,

"아! 그게 좋겠다."

다희는 제 방으로 뛰어 들어갔다. 다시 거실로 나온 다희의 양손에는 스케치북과 24색 크레파스가 들려 있었

다. 차락. 스케치북이 거실 마룻바닥과 닿으며 맑은 소리를 냈다.
"여기다가 쓰면서 생각해 보자, 언니."
"그래. 그게 좋겠다. 일단, 별이, 두부, 사랑이는 빼고 생각할래. 내 친구들 강아지 이름이거든."
"그래, 언니. 다른 강아지들이랑 똑같은 이름을 지어줄 순 없어!"
 자매는 서로의 얼굴을 가까이 붙이고 아주 작은 목소리로 속삭였다.
"사실, 엄마가 말한 하양이도 별로야. 키키."
 스케치북 한편에 빨간색으로 'X' 표시를 그리고 후보에서 탈락한 이름들을 적어 넣었다. 오늘 날짜, 날씨, 계절을 차례로 적으며 하얗고 깨끗한 면을 알록달록하게 채워갔다. 그러다 자매의 시선이 스케치북 위에 적힌 글자 '봄'에 멈췄다.
"봄… 봄에 우리 집으로 온 강아지니까 보미 어때?"
"보미 좋다! 보미야, 오늘부터 넌 보미야. 여기 봐봐."
 '보미' 소리가 들리자, 강아지는 고개를 좌우로 갸우뚱했다.

 찰칵. 찰칵. 자매는 보미 사진을 찍겠다며 일찍부터 엄마의 휴대전화를 들고 이리저리 바쁘게 움직였다. 휴대전화에 담긴 보미의 모습을 자세히 보기 위해 자매는 볼이 닿을 만큼 가깝게 붙은 채 바닥에 엎드렸다.

"언니! 사진 진짜 잘 찍었다! 보미 얼굴이 너무 예쁘게 나왔어."

"역시 내 사진 실력은 알아줘야 한다니까~ 너도 한번 찍어볼래?"

"좋아, 언니!"

 앞에서 찰칵, 뒤에서 찰칵. 고개만 돌린 뒷모습도 찰칵, 발가락만 확대해서도 찰칵, 콧구멍밖에 안 보이는 데도 찰칵, 보미 등에 손바닥 올리고 찰칵. 자매는 휴대전화 버튼을 연신 눌러가며 사진을 찍었다. 그리고 다시 바닥에 납작 엎드린 채 잔뜩 찍은 사진을 하나씩 넘기며 확인했다. 그러다 보미가 분홍빛 혀를 내밀고 있는 모습이 찍힌 사진을 보고는 보미에게 외쳤다.

"보미야, 이거 봐. 너는 이렇게 생겼어. 이 사진 너무 잘 나왔다."

 작은 네모 속으로 보이는 게 자기 모습이라는 사실을 알 리 없는 보미는 네 발을 바닥에 고정한 채 얼굴만 뒤로 주욱 빼며 경계하면서도, 두 눈동자는 휴대전화 화면 속 새하얀 아기 강아지를 뚫어져라 보는 듯했다. 으르르. 왕!

🐶 저게 내 모습이란 걸 어떻게 알 수 있겠어! 나보다 더 작은 강아지가 우리 집에 불쑥 나타난 줄 알고 얼마나 놀랐다고. 지금 봐도 저 사진은 진짜 잘 나왔다. 내 미모가 좀 뛰어나긴 해.

"얘들아! 이제 휴대전화 그만하고 저녁 먹자! 식탁으로 오렴. 아, 보미는 펜스 안에 데려다주고 와."
"네, 엄마."

🐶 윽. 드디어 그날이야! 도망쳐 보미야! 아니다. 어차피 도망쳐봤자 결국 가야 하는 곳이긴 하지만 말이야. 그곳은 마음이 콩닥콩닥해지지. 엄마, 내가 엄마 손을 꼭 잡을 수밖에 없었어요. 거기서는…

"보미야, 우리 오늘 병원 가자. 여기 들어가 보세요. 아프지 않으려면 병원에 미리 가야 해. 걱정 마, 언니랑 엄마가 같이 있을 거야."

엄마의 친절한 목소리를 듣고 보미는 이동 가방 가까이로 다가갔다. 가방 안에 아직 자기 체취가 사라지지 않은 덕분인지 보미는 어렵지 않게 가방에 들어갔다. 삑! 보미가 가방 안에 넣어둔 장난감을 밟았다. 늘 가지고 놀던 장난감이라 그런지, 갑작스러운 소리에 오히려 안심한 듯 보미는 편하게 다리를 모아 앉았다.

딸랑. 문을 열고 들어서자, 허리춤 높이의 문이 하나 더 있었다. 그 낮은 문 너머로 보이는 광경은 실로 대단했다. 이곳이 병원인지, 펫 카페인지 구별이 되지 않을 정도로 강아지와 고양이가 이미 너무 많았다. 그래도 여기가 병원이구나 알아차릴 수 있던 것은, 대부분의 동물이 동행한 주인 품에 안겨 꾸벅꾸벅 졸거나 기운이 없어 보였기 때문이었다. 아마 눈을 반짝이며 호기심 어린 표정인 건, 보미가 유일했겠다. 코로 수많은 냄새가 흘러 들어오자 보미는 연신 콧잔등을 꿈틀거렸다. 안테나처럼 쫑긋 선 귀도 바쁘게 움직였다.

"보미, 접수대로 오세요~"

"네!"

가은과 엄마는 벌떡 일어나 접수대로 걸어갔다. 백신에 대한 전반적인 안내를 받았는데, 여러 백신의 이름을 단숨에 기억하기란 쉬운 일은 아니었다. 잠시 고민하던 엄마가 간호사에게 말했다.

"아무래도 너무 어려서 하나씩 맞을게요."

"네, 알겠습니다. 그럼, 오늘 종합 백신 하나만 접종하는 걸로 할게요."

진료실에 들어가기 전, 보미에 대한 기본적인 측정이 이루어졌다. 네모난 통 안에 들어간 보미는 낯선 상황에 고개를 움직이며 주변을 빠르게 살폈다.

"보미는 1.15 kg이에요."

"어유, 살이 많이 올랐네."

"그리고 이제 체온 잴게요. 체온은 엉덩이로 재요."

진료카드에 몸무게를 기록하자마자 엄마가 보미를 안은 상태로 항문에 체온계가 꽂혔다. 간호사의 민첩하고 능숙한 움직임에 보미는 도망칠 틈도 없었다. 1분가량 소요된다는 시간 안내를 받고 보미 얼굴을 보니, 잔뜩 겁에 질려있다.

"이제 다 되셨어요. 그럼, 이제 진료실 들어가세요."

엄마의 품에 안겨 자그마한 몸이 한층 더 작아 보이는 보미가 진료실로 입장했다.

"안녕하세요, 선생님."

"네, 안녕하세요. 오늘 첫 내원이네요. 그럼, 기본적인 진찰부터 해보겠습니다."

"네."

진료실 안에서 달라진 냄새를 부지런히 맡고 있던 보

미는 어느새 엄마의 손을 떠나 의사 선생님께 맡겨졌다. 반짝이는 청진기의 동그라미 부분이 따뜻한 배에 닿자 화들짝 놀랐지만, 몸통을 받치고 있는 의사 선생님의 안정적인 손길에 금세 진정하는 보미였다. 말랑한 두 귀는 수제비 반죽처럼 흐물거렸다.

🐶 악. 처음 주사 맞는 순간은 지금 봐도 아찔해. 헤엑. 바늘이 저렇게 뾰족했던 거야? 그때 바늘을 못 봐서 다행이지. 주사는 지금 봐도 무섭다! 그래도 의사 선생님 덕분에 오래오래 건강했어요. 고마워요!

"첫 주사는 더 아파하는 경우가 많아요. 살 좀 많은 곳에 맞아야 하는데, 이것 참⋯. 아직 살이 너무 없네요. 보미가 소리 지를 수도 있습니다."

 1kg 조금 넘는 아기 강아지에게 두툼히 잡히는 부위를 발견하기란 여간 어려운 일이 아니었다.

"보미~ 따끔!" 간호사의 말이 끝나기 전, 바늘이 보미의 몸에 쑥 들어왔다. 삐익! 보미의 외마디 비명이 짧게 울려 퍼졌다. 끼이잉 낑. 흐어우. 허웅. 신음이 계속 이어졌다.

"아이고 아파."

"어떡해. 보미 아픈가보다."
"그치. 처음 바늘에 찔렸는데 얼마나 아프겠어."
 접종을 마친 후 다시 엄마의 품으로 돌아오자 보미는 반사적으로 앞발을 엄마의 왼손에 올려 포개었다. 엄마는 남은 손으로 보미의 뒤통수부터 꼬리까지 부드럽게 어루만졌다. 옆자리에 앉아 있던 가은은 보미의 입속에 자그마한 간식을 냉큼 먹여주었다. 달콤한 간식에 고통스러워 보이던 보미의 얼굴이 잠깐 판판해지는 것 같았다.
"오늘 백신 맞아서 보미가 피곤해할 겁니다. 컨디션도 별로 안 좋을 거고요."
"종일 집에 있어야겠네요. 선생님, 백신은 매년 맞아야 하나요?"
"접종 종류마다 다르긴 하지만, 일단 보미는 이번에 첫 접종이다 보니 당분간은 꾸준히 내원하셔서 접종하는 편이 좋을 것 같네요. 그리고 광견병 접종은 1년에 한 번 꼭 맞으셔야 해요. 안 하시면 과태료 꽤 나와요. 보미한테도 안좋고요. 귀가하실 때 접수대에서 보미 접종표를 만들어드릴 겁니다. 자세한 접종 주기와 날찌 다시 안내받으시면 됩니다. 보호자님 지금 급하게 가셔야 합니까?"

"애들 어릴 때 접종하는 거랑 비슷하네요. 아뇨. 왜 그러세요, 선생님?"

"그럼 30분 정도 병원에서 대기하신 후에 귀가하시면 좋겠네요. 아시다시피 모든 백신은 부작용이 있을 수 있으니까요. 혹시라도 약물에 알레르기 반응이 있을 경우는 더 치명적일 수 있으니 잠시 병원에서 대기하고 귀가하시죠."

"네. 알겠습니다~"

엄마가 수납하는 동안 보미는 가은의 품에 안겨 비몽사몽이었다. 늘 힘 있게 춤추던 꼬리는 축 늘어져 맥없이 흔들거렸다.

"우리 보미 기특하네, 주사도 잘 맞고. 잠깐만 있다가 집에 가서 코하자~"

가은은 보미의 등을 쉴 새 없이 토닥이며 이마에 뽀뽀했다.

철컥. 보미의 목에 낯선 소리가 감겼다.

"보미야, 오늘은 우리 같이 산책할 거야."

"언니, 내가 보미 물통 챙겼어."

"응, 고마워. 다른 건 내가 가방에 다 챙겼어. 봉투랑 간식 조금."

자매는 보미와 연결된 목줄을 꼭 쥔 채로, 발을 동동 굴렀다. 둘은 이날만을 기다려왔다. 가은이 초등학교를 졸업할 무렵이 돼서야 자매 둘만 산책하러 나가는 게 허락되었기 때문이었다. 흔들리는 목줄이 보미의 목 주변의 털을 간지럽혔다. 자매의 얼굴엔 미소가 가득했고 기대감에 부푼 애굣살이 눈을 가리기에 충분했다. 주저 없이 산책길을 따라 나선 걸 보면 보미는 눈 모양의 의미를 알고 있는 듯했다.

집 밖은 온통 봄이 얼마나 예쁜지 뽐내는 듯했다. 푸르른 하늘 위로 폭신폭신해 보이는 구름이 군데군데 자리를 잡았고, 그 사이로 새어 나오는 빛이 쉬폰(Chiffon) 커튼처럼 우아하게 살랑였다. 땅 위로 닿은 햇살은 바로 쳐다볼 수 없을 만큼 강렬해서 자매의 인상이 계속 찌푸려졌다. 하지만 얼굴에 미소는 여전했다. 강한 햇볕을 피하면서 자연스레 시선이 아래로 향하게 됐다. 그 덕에 발 근처에 머무는 보미의 등과 꼬리를 더 자세히 바라볼 수 있었다. 옅은 분홍 살결이 은은히 비치는 모습은 바로 안아 올려 쓰다듬고 싶어지게 했다.
"보미야, 언니 한번 안아보자."

🐶 내 뒷모습이 저랬구나. 언니들이랑 나란히 걸어가는 모습을 보니 더 작아 보이네. 언니, 그거 알아? 우리가 산책하는 날마다 햇살이 참 따뜻했어.'

"보미야. 네 이름이 왜 보미인 줄 알아? 그건 말이야, 언니가 봄을 제일 좋아하거든. 그래서 봄이랑 제일 비슷하게 보미라고 정했어. 봄을 좋아하는 만큼, 아니 그것보다 더 많이 보미 너를 좋아해."

🐶 산책. 봄. 다 좋은 거구나. 내 이름을 불릴 때 기분 좋은데, 언니도 그런가 봐.

가은의 품에서 내려온 보미는 재빠르게 뛰기 시작했다. "천천히 가자!"라고 말하면서도 여전히 웃음이 끊이지 않는 가은이었다. 보미의 발길이 멈춘 곳에는 쏟아지는 폭포처럼 노란빛의 꽃들이 길게 자란 줄기를 따라 황금빛 물결로 반짝이고 있었다. 보미는 다리를 뻗어 꽃을 잡아보기라도 하려는 듯 버둥거렸다. 그 마음을 알아챈 가은이 보미를 번쩍 들어, 노란 개나리 폭포 가운데로 얼굴을 옮겨 주었다.

"이게 뭔지 궁금하구나. 이건 봄에만 피는 꽃인데, 이름은 개나리야. 노란색이 참 예쁘지?"

우리가 함께 시간을 보낸 봄은 언제나 꽃향기가 가득했지. 오늘 만난 개나리 폭포도 여전히 아름다워. 잠깐, 근데 저 사람은 왜 꽃을 꺾고 있는 거야? 그만둬! 언니 저 사람한테 하지 말라고 해! 왕왕!

가은은 보미를 번쩍 들어 안으며 말했다.
"앗, 죄송해요. 보미야, 그렇게 갑자기 짖으면 어떡해~ 놀라시잖아."

가은은 보미를 품에 끌어안으며 행인에게 어색한 웃음을 지었다. 보미가 짖어서인지 꽃을 꺾으려던 행인의 손이 개나리에서 한순간에 멀어졌다.

보미가 보내는 편지

 안녕, 언니!

 나는 그냥 강아지가 아니라 '보미'가 돼서 언니랑 같이 지낼 수 있어 기뻤어. 물론 큰 언니 생일 선물로 우리 집에 온 거였지만, 아무렴 어때. 모두 다 우리 가족인걸. 언니랑 같이 보낸 시간은 매일 따뜻했어. 매일 언니가 외출하고 오는 것도 아주 오래 못 보는 게 아니니까 나는 씩씩하게 기다릴 수 있었어. 언제든 말이지. 나의 언니가 되어줘서 고마워. 보미라고 가장 예쁜 이름을 지어준 것도 고마워. 그리고 무엇보다 우리 집으로 같이 가자고 손 내밀어줘서 고마워.

 언니 동생이 된 덕분에 즐거운 일이 참 많았어. 아, 그리고 자꾸 집 밖으로 뛰쳐나간 건 내가 사과할게. 나도 왜 그랬는지 몰라! 술래잡기하고 싶었는데 아주 멀리 꽁꽁 숨고 싶었나봐. 내가 워낙 활발했잖아. 키키. 나는 언니가 웃는 날이 더 많아지면 좋겠어. 행복하다고 말하는, 마음껏 기뻐하는 날이 가득 넘쳤으면 좋겠어. 언제까지나 언니 동생으로 기다릴게. 그래도 무엇보다 가장 하고 싶었던 말은 이거야. 세상에서 제일 사랑해!

보미가 내주는 숙제 : 오늘 집 밖에 나가서 산책하기

오늘 우린 닿았어

"보미야, 손 해봐. 손!"
"아잇, 언니! 내가 해 볼게. 자, 보미야~ 여기 언니처럼 손을 올려놓는 거야. 이렇게. 착. 네 손을 내 손에 올려봐."

다희는 자신의 왼쪽 손바닥을 보미에게 내밀었다. 오른손을 가지런히 모은 후 손가락 끝을 살짝 동그랗게 말고는 왼쪽 손바닥을 톡톡 두드렸다. 자매는 보미에게 새로운 개인기를 설명하기 위해 애쓰고 있었다. 얼마나 열심인지 자매의 얼굴이 조금씩 붉어졌다. 게다가 이 일에 누구보다 진심이라는 듯, 눈썹 사이가 한껏 찌푸려져 두툼한 주름을 만들어냈다.

"천천히 말한다고 보미가 알아들어?"
"알아들을 수도 있지! 그냥 말하는 것보다 나을 수도 있어."

"아니야. 그렇게 길게 설명하면 어떻게 이해해. 짧고 쉽게 알려줘야지."
"그렇게 잘 아는데 왜 보미가 안 따라 해?"
"그건…. 이제 훈련해야지!"

보미에게 개인기 '손'을 가르치기 위한 대화는 결국 자매의 말다툼으로 번졌다. 옥신각신하면서도 보미에게 훈련 보상으로 건네줄 간식을 서로의 손에 똑같이 나누는 자매였다.

"자, 보미가 '손'을 성공하면 이 간식을 하나씩 먹여주자. 내가 동영상으로 공부해 봤는데, 훈련할 때는 간식을 많이 줘야 한대. 그런데 한꺼번에 다 주는 건 아니고 성공할 때마다 하나씩 주는 거지."
"알겠어. 나 간식 다섯 개인데. 언니도 다섯 개야?"
"응. 다섯 개."
"똑같다! 좋아. 그럼 다시 또 해보자. 언니가 먼저 해 봐."
"좋아."
"자, 보미야. 다시 해보자. 여기 언니 손에 너 손을 올리는 거야. 손!"

가은은 보미의 앞발 가까이에 텅 빈 자기 손바닥을 내

보이며 말했다. 반대쪽 손에는 간식이 숨겨져 있었다. '손'이 보미에게 앞발을 뜻한다는 것을 꿈에도 알 리 없는 보미는 자매의 얼굴을 바라보았다. 그러고는 혓바닥으로 코를 한 번 훑었다.

"아니, 보미야. 코를 핥지 말고, 손을 해보라니까. 자, 손!"

보미의 눈을 응시하며 가은이 전보다 더 큰 목소리로 '손'을 외치자, 보미는 혀를 내보였다.

"아니! 메롱을 하면 어떡해!"

"언니, 오늘은 안 될 것 같아. 내일 다시 해보자."

"그래. 잘한 건 없지만 간식은 줄게. 자, 먹어."

자매는 어린 강아지에게 개인기를 가르치는 일이 여간 어려운 일이 아니라는 것을 깨달았다. 하지만 왠지 심통이 나는 건 어쩔 수 없었다. 개인기를 못 하면 좀 어떤가, 귀여우면 됐지. 자매는 보미에게 쥐고 있던 간식을 주었다. 짭짭. 정사각형 모양의 육포 조각을 한입에 먹어 치운 보미는 또 한 번 혀를 내밀었다.

"언니, 보미 또 메롱 하는데?"

"약 올리는 거야, 뭐야~! 너 왜 자꾸 메롱 해?"

🐶 언니들, 메롱이 아니라 냄새 잘 맡으려고 코 한 번 스윽 닦아준 거야. 나보다 언니들이 메롱 더 많이 했으면서! 좀 더 노력해 봐 봐~

평소엔 보미가 혀를 내밀면 귀여워 어쩔 줄 몰라 하던 가은이었지만, 오늘은 속상한 마음을 숨길 수 없었다. 괜히 보란 듯 약 올리는 것 같이 느껴, 가은의 얼굴은 점점 울상이 되었다. 그 모습을 가만히 보고 있던 보미가 다가가 가은의 손가락을 핥았다. 푸우우우. 조금 전까지 잔뜩 심통 나서 풍선처럼 부풀어있던 가은의 양 볼에서 바람이 새어 나왔다. 그리고 이내 웃음이 터졌다. 그 얼굴을 본 보미도 입을 활짝 벌려 함께 미소 지었다.

 다음 날, 또 그다음 날. 훈련을 거듭해도 보미는 그저 자기가 하고 싶은 행동을 하는 듯 보였다. 해달라는 건 하지 않고, 앞발을 올려 콧등을 슥 닦거나 뒷발로 귀를 털었다. 어떤 때는 살랑이던 꼬리를 멈추고 축 늘어져 있었고, 가지런히 앉은 자세를 유지하던 몸을 벌러덩 눕혀 배를 내보이기도 했다. 보미는 좀처럼 잘 따라오지 않았지만, 자매는 포기하지 않았다.

 '손' 훈련을 시작한 지 일주일이 지날 무렵. 다희의 손에는 포도 맛 카라멜 한 통이 들려있었다. 포장지로 감싸져 있어도 입안에 침 고이게 하는 달콤한 향이 폴폴 풍겼다. 다희는 가은에게 다가가 새로운 훈련법을 제안했다.

"언니, 이건 어때? 내가 보미처럼 행동하고 언니가 내 주인 것처럼 하는 거지. 언니가 '손'이라고 하면 내가 손을 줄게. 그럼 나한테 카라멜을 하나 줘. 그럼 내가 맛있게 먹는 거야. 보미도 그걸 보면 '손'을 할 수 있지 않을까?"
"좋은 생각이다! 그걸 보여주다 보면 금방 보미도 따라 할 것 같아!"
"그래. 바로 해보자!"
"알겠어. 미리 뜯어 놔야겠다."
 지이익. 지익. 자매는 단번에 카라멜 포장지를 벗겼다. 다희는 다시 방에 들어가 하얀색 크로스백을 메고 나왔다. 그리고 가방 안에 미리 뜯어 놓은 카라멜을 담았다. 꼼지락거리며 먹을 것을 챙기는 모습이 마치 다람쥐를 연상케 했다.
 "자, 준비가 다 됐어. 이제 보미 앞에서 진짜로 해보자."
 "좋아, 언니."
 달콤한 포도 냄새를 풍기며 자매가 보미 앞에 나란히

앉았다. 새로운 냄새를 맡은 보미는 앞발에 기대고 있던 고개를 위로 치켜들었다. 눈을 반짝거리며 고개를 든 채로 꼬리를 살랑였다.

"보미야, 우리가 하는 거 잘 봐봐. 자, 손!"

가은이 다희를 바라보며 외쳤다. 미리 정해둔 신호에 맞춰 다희가 손을 포개었다.

"아유, 잘했어요. 자, 상 줄게요~"

준비해 둔 카라멜을 하나 받은 다희는 곧바로 포장지를 까서 먹었다. 입안에 퍼진 달콤함과 새콤함에 입술을 오물거리며 눈웃음을 지었다. 보미는 그 모습을 가만히 지켜보고 있었다. 그러고는 가은과 다희의 얼굴을 번갈아 쳐다봤다. 몸을 일으켜 부르르 털더니 다시 가지런히 앉았다.

"왠지 보미가 알아들은 눈친데? 봐봐. 가만히 우리를 쳐다보잖아."

"오, 이 방법이 효과가 있나 본데. 보미한테 또 해보자."

"좋았어."

가은은 천천히 호흡을 고르더니 살짝 주름 잡힌 미간을 유지한 채 보미에게 손을 펼쳐 보였다.

"손!"

빠르게 몸을 일으킨 보미는 오른발을 뻗어 가은의 손

바닥에 포개었다. 보미의 젤리같이 말랑한 발이 가은의 손바닥에 닿았다.
"우와!!!! 성공이다!!"
 자매는 보미가 건넨 앞발을 보고, 서로를 부둥켜안고 기쁨을 만끽했다. 보미는 가은의 허벅지를 딛고 일어서 볼을 살짝 핥았다. 그리곤 두 발로 다리를 톡톡 두드렸다.

🐶 언니, 나 성공했는데 간식 줘야지. 둘이 껴안고만 있으면 어떡해~ 봐봐. 나 간식 기다리고 있잖아!

"역시 우리 강아지야. 진짜 똑똑하다니까! 자, 여기 간식!"
"시범을 보여주는 게 제일 좋은 방법이었나 봐. 이따 엄마랑 아빠 오시면 자랑하자!"
"그래, 좋아!"
 까르르 까르르. 방방 뛰며 기뻐하는 자매의 웃음소리가 한동안 끊이지 않았다.

🐶 언니. 근데 솔직히 내 거는 발인데 손이라고 하니까 얼마나 내가 어려웠겠어. "발!"이라고 하면 좀

더 쉬웠을걸? 그런데 손이라는 소리를 듣고도 발을 보여주는 아주 어려운 과제를 내가 완료한 거야. 이걸 내가 깨우친 거라고. 얼마나 똑똑해. 그치?

언제나 배고파

"아, 안돼! 그건 먹는 거 아니야!"
"으, 아니야. 아니야. 먹는 거 아니야. 이것도! 아니, 저건 또 어디서 찾아낸 거야!"
 가족들의 다급한 목소리가 여기저기서 쏟아졌다. 후다닥 도망치는 재빠른 발소리도 섞여 들렸다. 프로이트의 발달 단계에 따르면 인간은 모든 것을 입으로 탐색하는 시기가 있는데, 만약 동물에게도 적용된다면 지금의 보미는 그 단계에 속하는 게 분명했다. 눈에 보이는 무엇이든 입으로 가져가기에 바빴으니까. 잠깐 보이지 않아서 찾으면 입에 이상한 걸 물고 있었다. 눈에 보이지 않는 것도 어디선가 용케 발견해서 기어코 입안에 넣어버리는 보미였다. 덕분에 우리 집에 이런 게 있었나? 하고 여러 번 놀라기도 했다. 보미가 바쁘게 입에 넣으면, 가족들은 그것을 빼내느라 바빴다. 서로 눈치 보고 실랑이

하는 모습이 마치 대련하는 선수들 같았다.

 으르르르. 크릉. 오늘은 머리끈이었다. 엄마 아빠가 먼저 보미의 앙다문 이빨 사이에 삐죽 튀어나온 검은색 머리끈을 발견했다. 누가 먼저랄 것도 없이 튀어가서 힘껏 버티는 보미의 입을 벌려 머리끈을 빼냈다. 보미에게 그런 거 잘못 먹으면 큰일 난다고 아무리 얘기해도 소용없었다. 오히려 자신을 방해한다고 느낀 건지, 입을 열지 않으려고 버티다가 아빠의 손가락을 다치게 했다.
"윽, 따가워. 아빠를 물면 어떡하니, 보미야. 사고뭉치다, 정말로."
 물린 데가 제법 아픈 바람에 미간을 찡그린 아빠의 얼굴이 보였다. 아빠의 손가락 사이로 검은 머리끈이 걸려 있었다. 그 모습을 지켜보던 가은은 아랫입술을 씰룩거리며 엄마에게 말했다.
"엄마, 보미가 자꾸 이상한 거 먹어요."
"그러게 말이야. 보미가 위험하지 않게, 우리가 계속 알려줘야 해."
 엄마는 가은에게 답하면서 아빠의 손가락을 치료했다. 소독약을 뿌리고, 면봉에 연고를 덜어 상처에 얹었다. 지익. 얇은 밴드 포장지가 벗겨지는 소리가 들리자, 가은이 말을 이었다.

"보미도 언젠간 '안돼'를 배우겠죠?"

"그럼, 너희 어렸을 때도 엄마가 얼마나 오랫동안 안된다고 외치면서 따라다녔는지 몰라. 그런데 모를 것 같아도 포기하지 않고 알려주다 보면 알더라고. 보미도 그럴 거야."

"그런데 너무 힘들어요. 똑같은 말을 계속해 줘야 하고, 몸에 나쁜 거 못 먹게 하려다 보면 엄마랑 아빠 손에 상처도 생기고… 속상해요."

"상처 남는 게 불편하다고 멈출 수는 없어. 우리가 보미를 키우기로 했으니까, 보미가 배울 수 있게 끝까지 알려줘야 해. 그게 사랑을 주는 거란다. 올바른 행동을 배우는 게 쉽지 않은 법이거든. 하지만 사랑하는 마음이 있다면 누구에게든 알려줄 수 있단다."

"…네. 알겠어요."

그게 사랑을 주는 거니까. 엄마의 말에 비쭉거리던 다은의 아랫입술이 제자리로 돌아갔다. 그러고는 고개를 끄덕이며 입술을 앙다물었다.

먹으면 안 되는 위험한 것들이어서 그렇게 가족들이 날 말린 거였구나. 나는 내가 찾은 걸 뺏어가는 줄 알고 속상했는데! 그게 아니었네, 어휴. 저 때 머리끈을 삼켰으면 큰일 날 뻔했어. 검은색 동그라미가 질기고 말랑말랑해서 간식인 줄 알았지, 뭐야. 그렇게 고집부리는 데도 끝까지 알려줘서 고마웠어요, 모두. 그런데 머리끈은 개껌이랑 솔직히 너무 비슷해!

❀

 사각. 팅. 사각. 팅.
 식탁에 앉아 있는 엄마로부터 들리는 낯선 소리에 보미의 귀를 쫑긋 움직였다. 보미는 거실 방석에서 웅크리고 있던 몸을 일으켰다. 까아아암. 있는 힘껏 입을 벌리고 하품하더니, 엉덩이를 쭉 빼고 다리를 쭉 펴며 시원하게 기지개를 켰다. 톡톡토톡. 보미가 걸을 때마다 마룻바닥에 닿는 발소리가 경쾌한 리듬을 만들었다.
"보미, 일어났네! 잘 잤어~?"
 다정함이 잔뜩 묻어난 엄마의 목소리만 들릴 뿐, 몸 어느 곳에도 엄마의 손길이 닿지 않자 보미는 고개를 갸우뚱했다. 엄마가 앉아 있는 의자 위로 앞발을 뻗어 얼굴이 엄마의 무릎까지 닿도록 허리를 곧추세웠다. 사각사각. 보미를 깨운 의문의 소리가 다시 이어졌다.

"지금은 엄마가 안아줄 수가 없네. 조금만 기다려~"

엄마는 한 손엔 껍질이 덜 벗겨진 사과가, 다른 손엔 과도가 들려 있었다. 킁킁. 사과에서 번지는 상큼한 냄새에, 보미의 두 눈은 사과에 고정한 채 콧잔등만 씰룩거렸다. 그 모습 본 엄마는 웃음을 터뜨렸다.

"하하. 보미, 사과 먹고 싶구나? 이게 햇사과라서 향이 더 좋지? 그런데 보미가 사과 먹어도 되는지 먼저 확인해야 해. 잠깐만, 있어봐."

엄마는 잠시 과도를 쟁반에 내려놓고 식탁 위에 올려둔 휴대전화로 시선을 옮겼다.

"시리야~"

"네. 무엇을 도와드릴까요?"

왕왕!

집 안에서 낯선 여성의 목소리가 들리자, 보미는 경계 태세를 갖추었다. 소리가 나는 곳을 향해 발을 뻗으려 버둥거렸다.

"깜짝 놀랐구나! 괜찮아, 괜찮아. 보미야, 이건 로봇이야. 로봇. 이상한 사람 아니에요. 걱정하지 마. 보미가 놀라서 '시리'도 마음껏 부를 수가 없네. 아잇, 화면이 꺼졌네. 다시, 시리야~"

"네. 말씀하세요."

"강아지가 사과 먹어도 괜찮니?"

"강아지가 사과를 먹는 것은 일반적으로 괜찮습니다. 사과는 비타민 A와 C가 풍부하고 섬유질이 함유되어 있어 강아지에게 좋은 간식이 될 수 있습니다. 하지만, 사과의 씨앗과 줄기는 독성이 있을 수 있으므로 반드시 제거한 후 작은 조각으로 잘라서 주는 것이 좋습니다. 처음 사과를 먹일 때에는 소량부터 시작해 보세요."

"그래, 고맙구나."

시리와 대화를 마친 엄마는 껍질을 완전히 깎은 사과 한 조각을 길쭉하게 자른 후 새끼손톱만 한 크기로 더 잘랐다. 손바닥 위에 사과 조각을 올려 보미에게로 건네자, 보미는 빠르게 채간 사과를 짭짭 소리 내며 음미했다.

처음으로 사과 먹은 날은 아직도 잊지 못해. 사과 조각을 한입에 넣고 씹을 때 입안을 가득 채우는 사과즙이 얼마나 맛있었다고. 아삭아삭한 식감도 참 좋았어. 엄마, 그런데 그때 이야기 나눈 아줌마는 도대체 누구야? 목소리만 들리고 어딨는지 안 보였잖아. 정말 이상한 일이야. 도무지 정체를 알 수가 없단 말이지. 흐음. 뭐, 중요한 건 사과가 맛있다는 사실이니까.

"아유, 잘 먹네. 그래, 보미야. 이렇게 먹어도 되는 걸 먹자~ 먹어서 병원 가야 하는 거 말고. 알겠지?"

너도 같이 가자

 창밖의 나무가 온통 초록 잎으로 무성해진 어느 토요일. 온 가족이 제법 짧아진 옷을 입고 거실에 널브러져 있다. 여느 때처럼 아빠 허벅지에 기댄 채 앉아 있는 보미의 모습은 마치 하늘의 구름이 둥그렇게 뭉쳐져 안착한 듯 보였다. 탁. 위잉. 보미의 오른편에 놓인 선풍기가 연신 돌아가며 바람을 일으켰다. 선선하게 불어오는 선풍기 바람에도 아빠는 보미가 찰싹 붙어있어 그런지 한쪽 다리가 뜨끈한 느낌이었다. 바람 따라 흰 털이 북슬북슬 연기처럼 피어오르는 보미의 등을 쓰다듬던 아빠가 말했다.
"토요일인데 오래간만에 쇼핑하러 갈까?"
"좋아요!"
"왕왕!"
 들뜬 가족들이 자리에서 일어나 나갈 채비를 하자, 보

미가 목청을 높여 짖었다.

"보미야, 왜 그래~"

"에이, 자기만 두고 나가는 줄 알고, 가지 말라고 그러나 보다."

가은이와 다희는 쪼그리고 앉아 보미의 등을 번갈아 쓰다듬었다. 그 모습을 바라보던 아빠는 무언가 생각났다는 듯 눈을 크게 뜨며 말했다.

"아, 맞다. 거기가 어디더라. 수원이었나. 강아지도 들어갈 수 있는 쇼핑몰이 생겼대. 보미도 같이 갈 수 있으니까, 오늘은 거기로 가자."

"오~ 아빠는 그런 거 언제 알아봤어요? 역시, 모르는 게 없어."

"그럼. 같이 가보고 싶은 곳, 싹 다 정리되어 있어. 보미도 같이 갈 수 있는 곳으로."

대화 중간중간 자기 이름이 들리자 보미는 눈꺼풀과 귀를 움직이며 가족들의 얼굴을 번갈아 살폈다.

🐶 보통은 다 같이 자리에서 일어나면 날 혼자 두고 나가는 거였단 말이야. 그런데 이날은 나도 데리고 나갔어! 혼자 기다리지 않아서 너무 행복했어. 나도 데리고 가줘서 고마워요, 아빠!

창문 틈으로 흘러들어오는 바람을 즐기다 보니, 어느새 도착한 쇼핑몰. 아빠는 주차하자마자 큰맘 먹고 장만한 개모차*부터 꺼내 조립했다. 보미는 엄마의 품에 안겨 낯선 냄새를 수집하느라 정신없었다. 차 안에서 연신 졸던 모습은 온데간데없고 생기발랄하기까지 했다.

"자, 다 됐다! 보미야, 여기 타자. 아빠가 이거 구하느라 얼마나 고생했다고. 개모차가 인기가 너무 많아."

텁텁한 공기가 가득한 주차장에서 개모차를 조립하느라 고생한 아빠의 이마 위에 땀방울이 맺혀있었다. 엄마가 보미를 개모차에 태우려고 양팔을 뻗자, 보미가 급격히 버둥거렸다.

"아니, 보미야. 이거 무서운 거 아니고 편한 거야~ 얘가 왜 이래."

낑. 끼잉. 개모차에 엉덩이가 닿으려 하면, 양 발을 뻗어 엄마의 어깨를 붙드는 보미였다. 내려놓으려 할수록 엄마의 어깨를 넘어 다급하게 등으로 올라타려고 하사, 가족들은 당황스럽기까지 했다. 거기다 금방이라도 눈

---
*개모차 : 강아지 유모차. 반려견이 편안하게 이동할 수 있는 수단으로 유모차와 비슷하게 생겨 부르는 이름.

물이 흘러내릴 것처럼 미간을 찌푸린 채 파르르 떨었다.
"아니 무슨, 얘는 편하게 해주려고 해도 그러니. 참나."
 엄마의 품에 안겨 덜덜 떠는 보미의 뒤통수를 보며 가족들은 어이없는 웃음을 터뜨렸다.

 엄마한테 안겨있는 게 제일 좋은 걸 어떡해! 그리고 저 개모차는 처음 보는 거라 낯설단 말이야. 내 냄새도 안 난다고. 근데 무섭다고 버둥거리는 모습이 내가 봐도 좀 웃기긴 하다. 개모차 탄다고 큰일 나는 것도 아닌데 말이야. 좀 무안하네.

"적응 기간이 필요한가 봐요. 그럼, 일단 가방을 개모차에 태우고 출발해요."
 어깨에 둘러두었던 가방을 개모차에 내려놓으며 가은이 말했다. 엄마의 품에 안겨 안정을 찾은 보미는 혀를 내밀며 웃었다. 엘리베이터 세 대가 나란히 위치한 복도에 도착하자 가은은 가족들을 멈춰 세웠다. 개모차에 담긴 여러 개의 가방 중, 에코백을 뒤적이다 기저귀를 하나 꺼냈다.
"아, 맞다. 보미, 이거 착용해야 해요."
"그거 하고 다니면 보미 불편한 거 아냐?"

"잠깐이니까 괜찮아요. 기저귀 안 하면 보미 쇼핑몰 전체에 마킹**할 걸요. 한층 구경도 못하고 보미 쉬하는 모습만 보다가 집에 갈 수도 있어요. 그리고 여기서는 이게 예의래요."

가은은 능숙한 손놀림으로 보미에게 기저귀를 채우며 아빠의 질문에 대답했다. 불편하지 않도록 미리 뚫어 둔 구멍 사이로 삐져나온 꼬리털이 살랑였다. 이따금 차로 장거리를 이동할 때나, 겉옷을 입어야 하는 겨울 산책 때 자주 착용해 본 덕분에 기저귀를 채우는 동안에는 얌전한 보미였다. 거기다 노란색 하네스***까지 채워놓으니, 부모님과 놀러 나온 유치원생 같기도 했다.

[F5. 리빙 & 애견]

"5층 먼저 가면 되겠다."
"오늘은 너희 옷 사주려고 온 거야. 보미 건 나중에 봐도 되고."
"에이, 우리 옷을 나중에 보고 보미 거 먼저 사러 가요."

엄마의 만류에도 아랑곳하지 않고 5층에 가자며 고집하는 자매였다. 보통은 자기 거 먼저 보러 가자며 서로

**마킹 : 반려견이 소변으로 다양한 표현을 하는 본능적 행위 (출처: 다시 쓰는 개 사전)
***하네스 : 산책 시, 강아지 목에 착용하는 목줄

다투기도 했을 텐데, 보미와 함께 지낸 후로 우선순위가 바뀌었다.

"그러자, 그럼. 너희를 누가 말리니."

엄마는 엘리베이터에 타자마자 못 이기는 척 5층 버튼을 눌렀다. 제일 먼저 간식 판매대로 향했다. 엄마는 여러 제품의 용량과 크기를 비교하며 들었다 놓기를 반복했다. 엄마의 손이 닿는 대로 제품의 비닐 소리가 바스락거리며 퍼졌다. 가족 옆에서 지나가는 사람들을 둘러보던 보미는 귀를 쫑긋하며 제자리에 앉았다. 그리고 고개를 들어 엄마를 올려다보았다.

"어머, 얘 좀 봐. 비닐 소리 나니까 간식 주는 줄 알았나 봐."

"어휴, 귀여워라. 우리 보미. 똑똑하다니까."

바닥에 앉은 보미를 뒤에서 가은이 온몸으로 껴안으며 볼을 비볐다. 길어지는 쇼핑에 보미가 하품하며 눈을 끔벅였다. 이때를 놓칠세라, 가은은 보미를 개모차에 태우기 위해 일사불란하게 움직였다. 푹신한 매트가 깔린 개모차 내부 한 쪽엔 배변 패드가 두 장 펼쳐져 있었다. 가은이 끌고 온 개모차에 놓이자마자 보미는 스르륵 눈을 감고 잠들었다.

"오늘 보미랑 같이 쇼핑와서 마음이 편해요. 혼자 두고 나가는 게 항상 미안했는데…."
"매번 보미랑 동행하긴 어렵겠지만, 최대한 같이 다닐 수 있는 곳으로 찾아서 외출해 보자. 보미를 혼자 두려고 가족으로 맞이한 건 아니니까."
"가족이 된다는 건 쉬운 일은 아닌 것 같아요."
"우리 가은이 다 컸네. 그런 생각도 다 하고. 하하."
아빠는 가은을 바라보며 호탕한 웃음을 지었다. 그리곤 말을 이었다.
"쉽지 않고 불편한 일인 건 사실이야. 우리 넷만 고려하면 되던 일들에 이젠 다섯을 생각해야 하니까. 그래도 저렇게 편안하게 잠드는 걸 보면, 우리가 꽤 가까워지고 있는 거 아닐까?"
"맞아요. 보미를 데려오길 정말 잘한 것 같아요!"
깊이 잠든 보미는 배가 다 보이게 누워서는 꿈속을 누비고 있었다. 벌어진 입 사이로 침까지 흐르고 있었다. 가족들은 그런 보미의 모습을 보며 피식 웃었다.

너, 내 이불메이트가 되라

 피슈욱 피슈욱.

 창문으로 스민 햇빛이 거실의 반을 덮었다. 햇빛이 닿을 듯 말 듯한 거리에 보슬보슬 하얀 털 뭉치가 오르락내리락했다. 고요한 거실을 규칙적인 숨소리로 채웠다. 낮잠 자는 보미를 멀리서 보면 분홍색 쿠션에 동그랗게 올려둔 털실 뭉치 위 검은콩 모양 단추가 있는 것처럼 보였다. 보미가 숨을 쉴 때마다 새어 나오는 콧바람이 입 주변의 털을 살랑였다. 그런데 보미가 가지런히 웅크리고 있던 앞다리를 갑자기 풀밭을 달릴 때처럼 공중에서 휘저었다. 엄마와 가은이 보미를 바라보며 대화를 나누었다.

"어머, 보미 좀 봐. 꿈꾸나 보네."
"꼭 수영하는 것 같아요. 꿈나라에서 바다에 갔나?"
 꿈속에서도 제 이름이 들리는 지, '보미'가 언급되면 나

비의 날갯짓처럼 귀가 팔랑거렸다. 어느덧 빠르게 한 바퀴 돌고 온 짧은 바늘이 다시 10을 가리켰다. 형광등이 환히 켜져 있어도 창밖으로부터 들어오는 어둠을 완벽히 밝히기 어려운 완연한 밤이었다. 그런데 보미의 움직임은 더 바빠졌다. 엄마, 아빠가 나란히 앉아 있는 소파로 갔다가 새하얀 문이 굳게 닫힌 다희의 방문을 벅벅 긁기도 했다가. 또 가은의 방 쪽 문지방에 멈춰 살랑살랑 꼬리를 흔들기도 했다가, 이리저리 가족들의 얼굴을 한 번씩 쓱 훑었다. 마치 오늘은 누구랑 잘까, 룸메이트를 고르듯 나름 신중하게 잠들 방을 고르는 보미였다.

톡토독톡톡. 마룻바닥에 닿는 보미의 발소리는 댄스슈즈를 신고 음악에 맞춰 춤추는 무대 주인공 같았다. 크고 요란한 소리는 아니지만 보미가 어디쯤 있는지 가족들은 보지 않아도 알 수 있었다.

"쟤 봐봐. 보미, 뭐 하는 걸까요?"

"그러게, 구석구석 다 돌아다니는데?"

"에너지가 넘치네! 꼭 순찰하는 것 같아요!"

가족들 곁을 이리저리 오가는 보미의 모습을 보며 대화를 나누는 엄마 아빠였다.

으왕! 훠웅!

보미는 꼭 닫힌 다희의 방문 앞에서 짧고 또렷한 두 마디를 외쳤다. 철컥. 슥. 방문이 열리고 다희의 노란색 거실화가 보였다.

"으음. 뭐야, 보미잖아? 언니 방에 들어오고 싶은 거야?"

한 손으로 방문 손잡이를 잡은 채 시선을 내려 보미와 눈을 맞추는 다희였다. 네 발로 바닥을 딛고 있던 보미는 어느새 자세를 고쳐 앉았고, 앞발로 바닥을 톡톡 두어 번 두드리더니 꼬리를 살랑살랑 흔들었다. 그 모습에 다희가 환히 웃었다. 별다른 말이 없었지만, 보미는 총총 다희 방 안으로 들어갔다.

언니가 활짝 웃으면 내가 들어가도 된다는 뜻이지. 저 방문이 원래는 전부 하얀 색이었구나. 내가 하도 긁어서 아래쪽만 얼룩이 생긴 거였네. 원래 저렇게 생긴 줄 알았는데, 내가 많이 긁었나 보다. 헤헤. 언니 미안!

탁. 방문이 닫혔다. 다희의 취향이 가득한 방바닥에는 알록달록한 러그가 깔려 있어 보미의 발소리가 들리지 않았다. 부드럽고 포근한 러그에 보미와 다희가 나란히 앉았다. 다희가 양손을 보미의 턱 아래에 활짝 펼쳐 보이자, 보미가 그 위로 얼굴을 슬쩍 올려놨다. 턱 밑을 긁어주는 다희의 손길에 보미의 눈꺼풀이 한껏 무거워졌다. 철컥. 방문이 열렸다. 가은이었다.
"앗. 보미는 오늘 여기서 자는 거야? 거실에 안 보여서 어디 갔나 했네. 에이, 내 방에서 같이 자고 싶었는데."
"오늘 보미는 날 선택했지. 부럽냐?"
"얼씨구, 부럽기는. 보미! 너, 내일은 언니 방 와서 자라~ 알겠지?"
"보미야, 싫다고 해. 내일도 다희 언니 방에서 잘 건데요~? 이 방이 더 좋은데요~?"
 다희는 품에 안겨 있는 보미의 앞발을 양손으로 잡고 가은을 향해 흔들었다. 이미 몰려오는 잠에 취한 보미는 봉제 인형처럼 저항 없이 흐물거렸다.
"보미는 그런 말 안 하거든! 네가 하고 싶은 말 보미한테 입히지 말지?"

"아닌데? 아닌데? 보미 마음은 내가 더 잘 아는데?"

"내가 너랑 무슨 대화를 하겠니? 어휴."

"언니가 내 방에 와 놓고! 보미야, 가은 언니한테 인사하자. 언니, 잘 자요~ 나는 다희 언니랑 오늘 엄청 행복하게 잠들 거랍니다~"

 잠자리에 들기 전에 보미의 얼굴 한번 보려던 가은은 다희의 놀림에 고개를 좌우로 저으며 문을 닫았다. 다희는 품 안에서 온몸으로 '나 졸려'라고 말하는 보미를 번쩍 들어 침대로 향했다. 탁. 방을 밝히던 불빛이 사라진 자리에 어둠이 내려앉았다. 보미에게서 나는 고소한 냄새가 다희의 방 안에 은은히 퍼진 디퓨저 향과 만나서 세상에 하나뿐인 향기를 만들어 주었다. 다희는 그 덕에 잠을 설치지 않고 까무룩 잠들었다.

 내가 옆에서 잘 때 언니도 잘 자고 있었네. 다행이다. 늘 내가 먼저 잠들어 버려서 언니도 잘 자고 있는지 확인할 수가 없었는데 말이지. 물론 나는 새 나라의 강아지라, 아침마다 아주 부지런히 일어나서 잠든 언니의 얼굴을 볼 수 있었지만 말이야. 오랜만에, 이 모습 보니까 마음이 편안해진다. 잘자, 언니!

너밖에 없어

 오후 1시가 막 지났을 무렵, 가은은 조리개 가득 담은 물을 화분에 뿌려주고 있었다. 건조하게 말라 있던 흙 표면이 물에 흠뻑 적셔지고 짙은 고동색을 띠었다.
"가은이 덕에 식물들이 시원하겠다."
"그쵸? 얘들아, 잘 자라야 해."
 엄마의 칭찬에 한껏 들뜬 가은은 얼굴 가득 미소를 띠었다. 그러고는 고사리 같은 손으로 조심스레 제 손보다 넓은 이파리를 쓰다듬었다.
"어? 엄마. 여기 봐요."
"왜 그러니?"
"여기 꽃이 시들었어요…."
"물도 잘 줬는데 왜 죽었지?"
 예쁜 분홍색 꽃들 사이에 시들어버린 꽃봉오리가 어울리지 않게 있었다. 조금 전까지 밝게 웃던 가은의 얼굴은 검은 먹구름이 잔뜩 낀 것처럼 어둡게 바뀌었다. 시무룩한 가은의 옆에 엄마가 나란히 쪼그려 앉았다. 그리고 손을 뻗어 빛을 잃어버린 꽃잎을 하나둘 떼어냈다. 건조하게 말라버린 이파리들이 맥없이 줄기에서 떨어져 나갔다. 엄마는 화분을 조심스레 돌려 반대편을 보여주며 말했다.

"가은아, 잘 봐봐."

"네?"

"여기, 새로 핀 꽃이 더 많아."

"어? 정말 그러네. 이쪽은 꽃이 많이 피었다!"

"시든 것만 보다 보면 새로 돋아난 잎을 보지 못할 때가 있어. 나무는 열심히 새로 피워내고 있는데 말이지. 그리고 가장 중요한 건 뭐냐면…"

말끝을 흐리는 엄마를 향해 고개를 돌린 가은이 눈을 끔벅이며 다음 말을 기다렸다. 엄마는 식물에서 떼어낸 것들을 흙 위에 올려놓으며 말을 이었다.

"가끔 꽃과 잎이 시들 수도 있지만 나무는 여전히 살아 있다는 거야."

"살아 있는 나무…."

엄마의 말이 끝나자, 가은은 베란다를 빼곡히 채운 화분들을 단숨에 모두 훑어보았다. 그리곤 벌떡 일어나 양

손을 입가에 대고 외쳤다.
"나무야, 오래오래 잘 자라라~"

탁. 탁. 탁. 탁.
식탁 위로 물컵이 놓였다. 곧이어 엄마의 목소리가 들렸다.
"얘들아, 아침 먹자!"
"네, 엄마."
드르륵. 착. 자매는 식탁과 거리를 조절하며 의자를 끌고 자리에 앉았다. 얼마 전까지 사용하던 에디슨 젓가락은 부엌 찬장 구석으로 치우고, 이제 자매도 엄마 아빠처럼 쇠젓가락을 사용하게 됐다. 잘그락. 호록. 쩝쩝. 당근과 파로 색깔을 입힌 계란말이를 케첩에 찍어 우물거리는 자매의 볼이 노래하듯 씰룩거렸다. 엄마가 이야기를 시작했다.
"오늘은 다희가 처음으로 영어 학원에 가는 날이야. 기억하지?"

"네, 엄마. 오늘 학교 끝나면 점심 먹고 2시까지 영어학원으로 가요."

"맞아. 잘 기억하고 있네. 엄마가 오늘 같이 가려고 했는데 급한 일이 생겼어. 혼자 다녀올 수 있겠니? 선생님께 엄마가 미리 전화해 둘게."

"떡볶이집 건물 2층으로 올라가면 오른쪽에 영어 적힌 노란 문이 학원 맞죠?"

"응. 맞아. 저번에 엄마랑 등록하러 갔을 때 주변을 잘 봐두었구나."

"그럼요. 그 정도는 쉬워요!"

다희는 어깨를 으쓱이며 말했다. 입에 남은 계란말이를 마저 삼킨 후 이어 말했다.

"학교 끝나고 잘 다녀올게요. 끝나고 집에 와서 집 전화기로 전화할게요, 엄마. 걱정하지 마세요!"

"3학년 되더니 엄청나게 씩씩해졌네, 우리 다희. 그래, 알겠어~"

"언니는 오늘 뭐 해?"

다희가 가은에게 물었다.

"나는 오늘 현장 체험학습 가는 날이라서 끝나고 친구들이랑 놀고 올 건데?"

"그렇구나, 알겠어…"

다희는 내심 가은이 학원에 바래다주길 바랐는데, 언니가 그런 마음도 모르고 친구들과 놀다 온다니. 다희는 괜히 서운함이 몰려왔지만 침을 꼴깍 삼키며 마음도 밀어 넣으려 했다.

"잘 먹었습니다. 먼저 갈게요, 친구들이 기다려요!"

가은은 아침 식사를 마치자마자 그릇을 빠르게 싱크대로 옮기고는 현관으로 달려 나갔다. 천천히 시선을 아래로 거둔 다희는 그릇에 남아 있는 마지막 숟갈을 크게 떠 한입에 넣었다. 땅에 겨우 닿는 다희의 발가락이 한껏 오므라들자, 보미가 천천히 다가와 다희의 다리에 머리를 비볐다. 다희는 허리를 숙여 한 손으로 보미의 등을 쓰다듬었다.

언니가 기분이 좋지 않을 때 발가락을 꼼지락거리면서 오므리는 거 나는 알고 있었어. 가은 언니는 왜 언니가 어떤 기분인지 모르는 걸까? 흠. 내가 위로하고. 언니가 다시 웃어서 다행이야! 내 털이 좀 부드럽긴 해. 어쩌면 이 세상에 내 몸보다 부드러운 건 없을걸? 암, 그렇고말고.

톡톡. 다희는 신발을 신고 앞코를 바닥에 한 번씩 두드리며 등교 준비를 마쳤다.

"다녀오겠습니다~!"

다희는 영어 학원에서의 첫 수업을 마쳤다. 타닥. 탁. 타닥. 탁. 처음 혼자 학원에 다녀온 스스로가 기특했던 다희는 양발로 리듬을 만들며 콩콩 뛰며 기분 좋게 걸었다.

"앗!"

퍽. 흥얼거리며 걷던 다희는, 미세하게 어긋나 있는 보도블록을 미처 발견하지 못하고 넘어지고 말았다. 양 손바닥으로 빠르게 바닥을 짚은 덕에 얼굴은 다치지 않았지만, 양쪽 무릎이 벌겋게 까졌다. 처음엔 별로 안 아팠는데, 상처를 눈으로 확인하고 나니 아프고 쓰렸다.

"흑. 무릎에 피 난다. 아파…."

띡띡띡띡. 띠리링. 철컥.

헥헥.

집에 들어서자, 어지럽게 여러 신발이 뒤엉킨 현관을 지나 복슬복슬한 네 다리가 눈에 들어왔다. 그 위로 동그란 얼굴과 초롱초롱한 눈망울, 그리고 다희를 반기는 듯 한껏 올라간 입꼬리와 그 뒤로 쉼 없이 좌우로 흔들리는 꼬리까지. 잘 다녀왔냐며 인사하는 듯한 보미를 보고 다희는 그만 참아왔던 울음이 터졌다.

"보미야! 흐으아앙!"

 신발 벗는 것도 잊은 채, 다희는 현관에 엉덩이만 걸터앉아 양팔을 벌려 보미를 껴안았다. 보미는 두 발로 서서 다희의 어깨에 앞발을 지지한 채로 다희의 볼을 핥았다.

 "아웃, 차가워. 보미야. 언니 눈물 닦아주는 거야? 보미밖에 없다. 고마워, 정말."

 얼굴을 간지럽히는 보미의 축축한 위로에 다희가 미소를 지었다. 소매로 볼에 흐른 눈물을 마저 훔쳤다. 다희는 보미의 귓가에 대고 속삭였다.

 "보미야, 이건 진짜 비밀인데…."

 집 안을 좌우로 살핀 후 아무도 없다는 것이 확인되자 다희는 말을 이어갔다.

 "나는 언니보다, 그리고 엄마랑 아빠보다 네가 더 좋아."

 비밀 고백을 한 다희는 배시시 웃었다. 피가 새어 나오던 붉은 무릎은 어느덧 피가 멈추고 딱지가 앉을 준비를 하고 있었다.

 그날 언니가 집에 오자마자 울어서 얼마나 놀랐다고. 짜잔! 하고 인사하려고 했는데 언니가 울음을 터뜨렸지. 그래서 언니가 날 쓰다듬어 주는 것처럼 나도 위로해 주려던 거였어. 언니가 웃는 걸 보니 내 마음이 전해졌나 봐. 다행이야! 근데 언니 눈에서 나온 물은 너무 짰어. 할짝.

보미가 보내는 편지

 안녕, 언니!

 오늘 아침은 잘 챙겨 먹었어? 밥 안 먹고 일만 하면 안 돼! 아플까 봐 너무 걱정되거든. 내가 같이 있을 때는 언니 간식 뺏어 먹는 것도 재미있었는데, 히히. 엄마가 살찐다고 걱정해도 몰래 나눠주는 언니가 있어서 참 좋았어. 원래 몰래 먹는 음식이 제일 맛있잖아. 사랑하는 언니랑 같이 먹는 거니까 더 맛있기도 했고. 한입에 쏙 넣어 먹을 수 있는 것도 언니는 꼭 절반으로 나눠서 내 입에 쏙 넣어줬지. 그 맛은 언제까지나 잊지 못할 거야. 먹는 소리 들키지 않으려고 괜히 크게 말하면서 내 쩝쩝 소리 숨겨주던 모습도 말이야.

 그 덕분에 내가 언제나 통통했지만! 그래도 괜찮았어! 내가 포동포동해져도 언니는 날 사랑해 줬으니까. 내가 어떤 모습이어도 꼬옥 안아줬으니까. 하여튼 내가 하고 싶은 말은 뭐냐면, 슬픈 마음 때문에 밥도 안 먹고 굶지 말라는 거야. 내 간식을 그렇게 많이 사줬으면서, 왜 언니가 좋아하는 건 요즘 안 먹어… 자, 지금 바로 언니가 제일 좋아하는 음식 먹고 오자! 그럼, 입안에 달콤한 행복이 퍼질 거야. 그리고 우느라 말라 있던 목이 조금 부드러워질 거야. 꼭 밥 먹기야! 약속!

보미가 내주는 숙제 : 오늘 좋아하는 음식, 한 가지 먹기

방을 밝히던 불빛이 사라진 자리에 어둠이 내려앉았다.
보미에게서 나는 고소한 냄새가 다희의 방 안에 퍼진 은은한
향과 만나서 세상에 하나뿐인 향기를 만들어 주었다. 다희는
그 덕에 잠을 설치지 않고 까무룩 잠들었다.

3장.
익숙함과 무관심 사이에서

새 친구를 사귀는 건 축하할 일이지만

 촤라락.

 단숨에 걷힌 커튼 소리가 경쾌하게 울려 퍼졌다. 초등학교 고학년이 된 가은은 오후 수업이 남아 있었다. 밀려오는 식곤증을 가까스로 이겨내고 하교를 알리는 종소리만 기다리며 시곗바늘을 뚫어져라 쳐다보았다. 마치자마자 달려 나갈 생각에 새하얀 실내화를 신은 발을 동동 굴렀다. 그 와중에 칠판과 알림장을 번갈아 보며 연필을 야무지게 꽉 쥐고 부지런히 받아적었다.

"자, 반장! 인사하자."

"네! 전체, 차렷! 선생님께 인사!"

"감사합니다."

"그래, 내일 만나자~"

 담임선생님과의 인사가 끝나자마자 가은은 가방에 학용품과 교과서를 쑤셔 담았다. 빠르게 지퍼를 닫는 동시에 자리를 박차고 벌떡 일어났다. 교실 뒷문을 나서 복도를 뛰어가다가 아차, 다시 교실로 걸음을 옮겼다. 마음이 급해져서 실내화 주머니를 깜빡했다. 마음 같아서는 계단을 두 칸씩 내려가고 싶었지만, 선뜻 용기가 나지 않는 바람에 한 칸씩 부지런히 내려왔다. 드디어 마지막 계단. 이번에는 단숨에 두 칸을 뛰어내렸다. 성공! 괜히 뿌듯해진 가은의 얼굴에 미소가 퍼졌다.

"가은아! 여기! 얼른 와~!"

"응!"

학교 건물 1층에서 가은을 기다리던 가은의 친구가 반갑게 인사를 했다. 같은 아파트, 같은 동에 살면서 3학년 때까지 줄곧 같은 반이 되면서 둘도 없는 단짝인데, 4학년이 되면서 다른 반으로 배정되었다. 처음에는 서로의 반으로 찾아가 기다려보기도 했지만, 자꾸만 길이 엇갈리는 탓에 학교 정문 쪽 계단 1층에서 만나기로 약속했다. 누가 먼저 오거나 늦더라도 언제든 마주칠 수 있는 장소로 바꾼 덕에 둘은 매일 등하굣길을 함께 해왔다. 두 아이의 걸음에 맞춰 가방에 달린 강아지 인형이 흔들렸다.

"가은아, 너는 이제 집 가면 뭐해?"

"나? 음, 아마도 보미랑 좀 놀다가 학원 갈걸? 근데 오늘 무슨 요일이야?"

"목요일이야."

"아! 목요일이면 학원 안 간다! 앗싸! 보미랑 계속 뒹굴뒹굴 놀아야지~!"

"잘됐다! 이따 4시쯤에 놀이터에서 다른 애들이랑 같이 놀기로 했는데, 너도 올래?"

"놀이터? 재밌겠다! 근데, 음… 일단 집에 가서 내가 전화할게! 잠깐만."

가은은 어깨에 걸려 있던 가방끈을 한쪽만 풀러 지퍼를 열었다. 책가방 속에서 6공 다이어리를 펼쳐 맨 뒷면을 확인했다. 학년이 올라갈 때마다 새로 장만하는 다이어리에 제일 먼저 적는 친구 연락처는 언제나 서로의 것이었다. 제일 끄트머리에 적힌 전화번호를 가리키며 물었다.

"이거 너희 집 전화번호 맞지?"

"응. 맞아. 그럼, 집 가보고 전화해 줘~"

"다녀왔습니다~"

"어, 왔니?"라는 엄마의 목소리가 들리지 않자, 가은은 고개를 갸웃거리며 신발을 벗었다.

"엄마! 엄마 집에 없어?"

집 안 구석구석을 돌아다니며 불러봐도 아무런 대답이 없자, 집 전화기를 집어 들었다. 익숙한 번호를 누르고 수화음이 몇 번 울렸다. 달칵. 수화기 너머로 엄마의 목소리가 들렸다.

'어, 가은아 왔어? 엄마가 냉동실에 바나나 얼려놨거든? 그거 꺼내 먹고 보미랑 놀고 있어. 엄마는 윗집 아줌마네 잠깐 놀러 왔어.'

"아, 엄마! 그럼, 나 놀이터 가서 놀다 와도 돼? 저녁 먹을 때 올게! 집 근처 놀이터에서 애들이랑 놀고 싶어."

'놀이터? 지금 바로 가려고? 그럼, 보미는?'

"보미? 음… 보미는…."

제 이름이 들리자, 보미는 가은을 빤히 보고 있다. 가은은 몰랐겠지만, 사실 보미는 가은이 집에 들어오면서부터 계속 가은이 자기를 맞아주길 기다리고 있었다. 가은의 분주한 모습에 달려 나가지 못하고, 일어난 자리에서 꼬리만 흔들고 있을 뿐이었다.

"보미는 이따 밤에 놀아줘도 되잖아~"
'그건 그렇긴 한데... 보미 혼자 너무 오래 있으면 쓸쓸할까 봐.'
"에이, 어차피 저녁에 들어올 건데 뭐. 나, 집에 와서 저녁 먹을 거라니까?"
'그래, 그럼. 조심히 놀고. 재밌게 놀다 와~~'
"네, 엄마!"

엄마와 전화를 끝내자마자 가은은 곧바로 친구네 집 전화번호를 눌렀다. 한껏 상기된 목소리로 4시에 거기서 만나자며 이야기를 나누고, 냉동실 문을 활짝 열었다. 가은의 눈높이쯤 놓인 접시를 꺼냈다. 식탁에 앉아 접시를 감싼 랩을 벗기고 허겁지겁 바나나 아이스크림을 입에 넣었다. 꽁꽁 언 바나나를 입안에서 이리저리 굴리자, 이내 말캉하고 쫀득해졌.

"으음~! 맛있어!"

달달한 바나나를 먹으며 기분이 더 좋아진 가은이 절로 돌고래 소리를 냈다. 젓가락에 끼운 바나나에 꿀과 슬라이스 아몬드를 뿌려 얼린 것은 가은이 가장 좋아하는 간식이었다. 아이스크림을 워낙 좋아하는 가은을 위해 엄마가 만든 건강한 간식이었다. 가족들이 무언가를 먹고 있으면 어김없이 다가와 뚫어져라 쳐다보던 보미. 어느새 앞에 와서 가만히 앉아 가은을 빤히 쳐다봤다.

"보미, 안돼. 이건 언니 거야. 이거 꿀 묻어서 너는 먹으면 안 돼. 아닌가 먹어도 돼나? 잘 모르겠는데… 언니가 잘 몰라서 널 못 주겠어. 미안!"

그러니까 이제는 보미가 벌러덩 배를 까고 누웠다. 재롱을 부리면 혹시 한 입 줄지도 모른다고 생각했을까. 하지만 가은은 빠르게 접시를 비우고 싱크대 안에 넣었다. 고개를 돌려 시곗바늘을 확인해 보니 약속 시간까지 얼마 남지 않았다.

"벌써 시간이! 이러다 늦겠어! 놀 시간도 별로 없는데. 안돼~~"

평소라면 설거지까지 말끔히 해놓고 나갔을 가은이었지만, 친구와의 약속에 마음이 급했다. 싱크대 안에 대충 물만 뿌려둔 채로 제 방으로 급히 들어갔다. 거울 앞에 서서 머리띠 두 개를 머리에 씌웠다 빼기를 반복하다가 세차게 고개를 저었다. 머리띠 대신 자그마한 리본핀을 옆머리에 꽂는 걸로 만족했다. 고학년이 되면서 머리띠보다는 머리핀을, 알록달록 머리방울보단 검정색 고

무줄 머리끈으로 가은의 취향이 점차 바뀌고 있었기 때문이었다. 거울 앞에서 부산스럽게 단장하는 가은을 바라보던 보미가 가은의 양말을 물었다.
"아잇! 보미 안돼!!"
 보미의 이빨이 가은의 살에 닿지 않았지만, 제 몸쪽으로 물어 당기는 보미 때문에 넘어질 뻔한 가은은 두 발을 쿵쿵 굴렀다.

아이, 나는 언니가 집에 와서 양말 벗는 거 까먹은 줄 알고 도와주려고 한건데. 다시 나갈 거라고는 생각도 못 했다고!

 쓰읍. 검지 손가락으로 가리키며 입으로 주의를 주자, 보미가 꼬리를 내렸다. 가은이 방에서 나와 거실로 향하는 걸음을 종종 따라가면서 애처로운 눈빛을 보냈지만, 가은은 끝까지 그 모습을 보지 못했다. 가은이 움직이는 방향대로 쪼르르 따라가던 보미는 어느덧 현관에서 멈췄다. 가방끈을 정리하며 가은이 보미에게 인사를 건넸다.
"보미야, 언니 나갔다 올게! 집 잘 지키고 있어! 저녁 먹을 때 올 거니까 걱정하지 말고. 안녕~"

잽싸게 인사를 마친 가은은 뒤도 돌아보지 않고 현관문을 열었다. 문이 닫히기 전, 틈새로 머리칼이 살랑였다. 보미는 현관문을 열고 다시 집을 나서는 가은의 뒷모습을 한참 동안 바라보았다.

 보미는 무언가 불현듯 떠오른 것처럼 부지런히 앞 베란다로 발걸음을 옮겼다. 역시, 큰 베란다 창문이 반쯤 열려있었다. 선선한 봄바람이 불어오면서 엄마가 환기한다며 종종 베란다 창문을 반쯤 열어두었다. 줄기 위로 풍성히 자란 이파리가 상하지 않게 적정 거리를 유지하고 있는 화분들 사이로 보미는 콧잔등을 비집고 유연하게 움직였다.

"가은아~! 여기야, 여기!"

 창 너머에서 희미하게 들리는 '가은'이라는 이름에 보미는 창밖을 내다보았다.

 가은의 집에서 멀지 않은 놀이터에서 친구들과 만나 인사를 나누는 모습이 어렴풋하게 보였다. 눈을 이리저리 굴려 가며 가은의 모습을 찾던 보미는 앞발로 방충망을 벅벅 긁기 시작했다. 가느다란 뒷다리로 중심을 잡아 가며 더 잘 보기 위해 이리저리로 방향을 옮겼다. 뒤통수만 보이던 가은이 친구들과 손 인사를 나누자 드디어 옆모습이 보였다.

"왕왕!"

 헤어진 지 5분도 채 되지 않았지만, 종일 가은이 집에 돌아오기만을 기다렸던 보미는 가은을 놓칠세라 눈도 깜빡이지 않고 짖어댔다.

"아, 얘가 네가 말한 친구구나. 안녕, 반가워. 가은아."
"안녕! 오늘 너희 여기서 논다고 들어서 나도 왔어. 끼 워줘서 고마워~"

 생글생글 웃으며 새로운 친구와 인사하는 가은이었다. 뭐라고 이야기하는지 들리지 않지만, 보미 없이 나가서 만난 친구들과 신나 보였다. 친구들과 깔깔거리며 웃는 가은을 보며 보미는 더 세게 방충망을 긁었다.

> 에이. 나랑도 같이 놀이터 가면 좋았을 텐데 말이야. 친구들이랑 노는 것도 재밌겠지만, 나는 언니만 종일 기다렸다고! 하루 종일 언니랑 놀기만 하면 얼마나 좋을까? 나중에 다시 그런 날이 올까?

 더 이상 보미가 짖지 않았다. 자기가 계속 짖어도 가은에게 닿지 않는다는 걸 알아챈 것이었을까. 창밖의 가은은 술래를 피해 놀이터 이곳저곳을 피해다니느라 바빴다. 베란다 가득 내리쬐며 뜨겁게 달궈진 햇살에 보미는 노곤한 듯 입이 찢어질듯 하품을 했다. 그리고 거실로 돌아와 방석에 누워 잠에 들었다.

미안해, 그래도 내 맘 알지?

 새벽 1시 30분. 갈증을 느낀 가은의 눈이 번뜩 떠졌다. 어스름한 방을 더듬거리며 나와서 부엌으로 향했다. 분명 희미한 달빛이었지만, 불을 켜기엔 부엌이 퍽 밝았다. 가은은 찬장을 열어 머그잔 하나를 꺼냈다. 밤새 환하게 켜진 작은 정수기 불빛에 의지한 채, 컵 안 가득 물을 채우고 있었다. 그때, 발밑에서 무언가가 꿈틀거렸다. 둥글고 검은 물체가 가은의 발끝에 닿았다.
 "앗, 깜짝이야. 보미구나. 아직 안 자고 있었어?"
 아직은 가족이 모두 잠들어 있는 새벽. 가은은 숨죽여 속삭였다. 어느덧 어둠에 적응된 눈에 살랑이는 보미의 꼬리가 보였다. 한 손으로는 목을 축이고 다른 한손으로는 보미의 머리를 어루만졌다. 벌써 충전이 됐는지 보미의 꼬리는 멈출 기미가 보이지 않았다. 보미를 안고 방에 데려갈까, 잠시 고민했지만, 따뜻한 털 뭉치를 안고 자는 부작용이 염려되어 그만두기로 했다. 보미를 데리고 잘 때마다, 너무 깊이 잠든 탓에 알람을 꺼버려서 지각할 뻔한 적이 한두 번이 아니기 때문이었다.

"얼른 코 자. 잘 자, 보미야. 내일 봐~"

별빛이 비친 것처럼 반짝이는 보미의 눈동자를 내려다보며 가은은 천천히 손을 흔들었다. 보미에게 등을 보이고 싶지 않은 맘에 뒤로 걸어가며 방으로 향했다. 보미는 점점 시야에서 사라지는 가은에게서 눈을 떼지 못했다. 가은이 제 방으로 들어가고 방문 닫히는 소리가 들리자, 보미는 자리에서 벌떡 일어났다. 타닷타닷타닷. 다급한 발소리가 들리다 문 앞에 멈추었다. 보미는 굳게 닫힌 문 앞에서 울기 시작했다.

히웅힝 휘우우. 조금 전까지 제 몸을 어루만져 준 건 싹 잊은 듯, 보미는 서럽게 낑낑거렸다. 이미 침대에 누워 턱 끝까지 이불을 덮은 가은은 문지방 너머로 새어 들어오는 소리가 신경이 쓰였지만 눈을 질끈 감았다. 잠깐 저러다 말겠지, 하고 돌아누워 귀를 베개로 덮었다. 열리지 않는 문을 보며 보미는 고개를 갸우뚱거렸다. 몇 번을 더 문을 긁기도 하고, 방금 전보다 더 크고 길게 소리 내봤지만 좀처럼 문이 열릴 것 같지 않자, 보미는 그 자리에 그대로 엎드려 누웠다. 아직은 차가운 느낌이 짙게 깔린 마룻바닥에 배를 깔고 엎드리니 절로 부르르 몸이 떨렸다.

🐶 나는 언니가 놀자고 부르는 줄 알았는데, 자다가 잠깐 나온 거였구나. 언니는 자고 싶어 하는데 내가 자꾸 방해했었네. 그런데 사람들은 왜 자기 집에 문을 달고 있는 거야? 내 집은 문이 없는데 말이지. 그래서 언제든지 날 안고 만질 수 있는데, 난 우리 가족을 항상 만질 수 없는 게 속상했어. 문이 다 없어지면 좋겠다! 맨날 같이 잘 수 있게 말이지.

꽃

"아, 드디어 주말이다~ 역시 침대가 최고야."
가은은 턱 끝까지 덮은 이불을 양팔로 감싸안으며 푹신한 촉감을 만끽하고 있었다. 그때, 이불 속에서 기척이 느껴졌다. 어느새 보미가 엉덩이를 씰룩이며 자세를 낮춰 천천히 가은의 얼굴로 가까이 다가왔다. 콧구멍을 벌름거리며 뿜어나오는 따뜻한 호흡이 느껴지자 저도 모르게 얼굴 전면에 미소가 번졌다..
"아이고, 우리 보미네~ 오늘은 보미랑 계속 뒹굴뒹굴 해야지!"

 조금 전까지 꼭 안고 있던 이불을 한쪽으로 제쳐두고 가은은 보미를 힘껏 감싸안았다. 이마까지 닿은 털이 간지럽혀도 개의치 않고 보미에게 얼굴을 깊게 파묻었다. 지잉. 소리를 따라 침대 옆 협탁으로 손을 뻗었다. 뒤집어져 있던 휴대전화 화면을 확인하자마자 가은은 미간을 찌푸렸다.

> 🗨 가은아, 일어났니? 토요일이라고 너무 늦게까지 누워만 있지 말고. 엄마가 빨래 다 돌려놔서 널기만 하면 되니까 탈탈 털어서 건조대에 걸어놔 줘. 그리고 엄마가 급하게 나가느라 박스를 못 내놨거든? 그것도 부탁해~

 아…. 귀찮은데, 라는 속마음을 차마 내비치지 못하고 허공에 세찬 발길질을 하며 온몸으로 짜증을 냈다. 뜨겁게 달궈진 프라이팬 위에 올려둔 반건조 오징어처럼 꿈틀거리고 있을 때 다시 한번 진동이 울렸다.

> 🗨 귀찮다고 누워있지 말고, 꼭 해놔~ 엄마, 한 시간 있다가

집에 갈 거야~ 부탁해, 큰딸^^

"한 시간이면 지금 당장 일어나야 되잖아. 으, 하기 싫어."

입술 양 끝을 아래로 길게 늘어뜨리더니 몸을 부들부들 떨었다. '네…' 누가 봐도 내키지 않아 보이는 답장을 힘겹게 보냈다. 이런 건 엄마가 하면 되지, 아침부터 놀러 나갔으면서 왜 나한테 시키는 거야, 다희한테는 안 시키면서 맨날 나한테만 그래, 침대에서 떨어지지 않는 몸을 겨우 일으켜 거실로 나가면서 투덜대는 가은이었다. 침대에 함께 널브러져 있던 보미도 귀를 쫑긋 세우고 가은을 따라 일어났다.

"그래, 빨리 끝내고 다시 눕자. 잠 깨기 전에 후딱 해버리는 거야."

세탁기 문을 열어 빽빽하게 차 있는 빨랫감을 꺼냈다. 한 번에 최대한 많은 양을 옮기려고 양팔로 빨래를 끌어안았다. 떨어뜨리지 않으려고 온몸으로 받쳤더니 얼굴로 서늘함이 덮였다. 보미는 고개를 이리저리 돌렸다. 어떤 방향으로도 거대한 빨랫감에 가려진 가은의 얼굴이 보이지 않자, 제자리에서 빙글빙글 도는 보미였다.

털썩. 햇빛에 반짝이는 건조대 가까이에 빨래 더미를

툭 내려놓았다. 가은은 그 앞에 철퍼덕 앉아 빨래를 분류하기 시작했다. 쉴 새 없이 빙글빙글 돌아간 탓에 티셔츠 소매와 청바지가 매듭처럼 뒤엉켜있기도 했다. 낑낑대며 뒤섞인 것들을 풀어내느라 손을 바쁘게 움직였다. 보미는 그 옆에 바른 자세로 앉아 고개 들어 가은의 왼뺨을 쳐다봤다. 가은이 자기를 바라봐줄 때까지 가만히 자리를 지켰다. 양말, 수건, 상·하의를 얼추 분류하고 나서 가은이 일어났다. 대충 널고 끝내버리자고 중얼거리며 수건 하나를 아무렇게나 걸었다. 자글자글한 주름과 삐딱하게 걸린 수건의 모양새가 맘에 들지 않았다.

"어휴, 도무지 대충이 안 돼. 이러니까 엄마가 맨날 나만 시키지."

 방금 걸었던 수건을 다시 집어 들고 있는 힘껏 털었다. 정강이에 빳빳한 차가움이 맞닿을수록 수건의 주름은 점차 희미해졌다. 후, 단숨에 깊은 호흡을 빠르게 뱉고는 양손을 허리에 올렸다. 어느 것 하나 흐트러지지 않게 완벽한 각으로 걸어둔 건조대를 보니 속이 후련해졌다. 하아. 자기도 모르게 긴 한숨을 뱉으며 배터리가 다 된 인형이 쓰러지듯 소파에 널브러졌다. 팔걸이를 베개 삼아 천장을 바라보고 누웠다. 가은의 다리 하나가 아슬아슬하게 소파 모서리에 걸쳐졌다. 보미가 빠르게 다가

가 가은의 발바닥을 간지럽혔다.

"아잇, 보미! 하지 마라. 힘들다, 지금~"

결국 소파에 대충 걸쳐둔 다리를 당겨 모았다. 보미는 두 발로 서서 가은의 다리에 가까워지려고 안간힘을 썼지만 무용지물이었다. 읏차, 아직 할 일이 남은 가은은 다시 몸을 일으켰다. 주방으로 걸음을 옮겨 컵에 담긴 얼음물을 벌컥벌컥 마셨다. 얼음끼리 부딪치는 맑은소리가 부엌을 채웠다. 싱크대에 몸을 기댄 채 잠깐 휴식을 취하려던 그때, 그제야 발밑에 보미가 치근대고 있음을 느꼈다. 가은이 보미를 내려다보며 말했다.

"보미, 언니 힘들다니까. 가서 누워 있어. 언니 침대 가서 놀아."

흔들리는 보미의 꼬리가 식탁 다리에 맞닿아 동동동 소리를 만들었다. 가은은 거실 벽에 걸린 시계를 바라보더니 머리칼을 쓸어 넘겼다. 낑끼잉낑. 동그란 눈동자를 가은에게 고정한 채 보미가 흐느꼈다. 그런 보미의 목덜미를 주무르며 가은이 말했다.

"보미야, 언니 바쁘다니깐. 얼른 분리수거하러 다녀올게. 언니 대신 누워있어."

세탁실 한쪽을 가득 채우는 상자 더미를 번쩍 들었다. 시야를 가릴 만큼 꽉 찬 박스 꾸러미를 들고 현관문을 나섰다.

🐶 언니, 내가 같이 놀고 싶은 건 항상 그런 거고. 지금은 좀 다르잖아. 내 소리 좀 잘 들어봐. 뭔가 필요한 거잖아. 잘 생각해 보라고~~ 내가 지금 말해봤자 들리지도 않을 테고, 어휴. 정말.

딸깍. 돌아온 가은의 눈에 보미의 빈 물그릇이 들어왔다. 정확히는 보미가 빈 물그릇을 물고 현관 앞에 앉아 있었다.
"아! 오늘 아무도 너 물을 안 줬구나! 말을 하지!"

🐶 나는 분명히 말했어! 언니가 못 알아들은 거지! 나도 목마른데 언니 혼자만 물 먹고 말이야!

보미는 물그릇을 제 앞에 슬며시 내려놓았다. 가은은 싱크대에서 물그릇을 깨끗이 닦은 후 맑은 물을 가득 담아주었다. 보미는 숨도 쉬지 않고 헐레벌떡 물을 마셨다. 물그릇에 고개를 처박고 쳐다보지도 않는 보미의 엉덩이를 툭툭 두드리며 가은이 말했다.
"보미야, 이제 혼자 물도 마시고 그래야지. 다 컸잖니.

언제까지 언니가 챙겨줘야 해, 응?"

 가은은 이것을 누르라며, 검지를 쭉 뻗어 정수기의 정수 버튼을 가리켰다. 심지어 보미가 보든 말든 아랑곳하지 않고 설명을 이어갔다. 보미도 가은이 그러든 말든 아랑곳 않고 바지런히 물을 마셨다.

"자, 들어봐봐. 저기 반짝이는 동그라미 보이지? 한번 톡 누르면 물이 나오는 거야. 우리 보미 이제 다 컸잖아? 혼자서 물도 먹을 줄 알아야지. 그래, 안 그래?"

 한참을 물 마시던 보미는 가은의 얼굴을 바라보다 몸에 힘을 주었다. 보미는 정확히 배변 패드를 벗어난, 마룻바닥에 대변을 누었다. 그 모습에 가은은 용수철처럼 튀어 올라 두루마리 휴지를 손에 돌돌 말았다. 보미는 가은을 잠시 바라보다 휙 뒤돌아 가은의 방으로 향했다.

"에헤이, 보미. 응가하는 곳은 여기라니까~ 너 괜히 반항하는 거지! 응가도 혼자 치우고 그래야지! 다 컸는데! 언제까지 언니가 다 해주냐고!"

🐶 언니도 엄마가 다 해주길 바라면서, 뭘! 우리 언니 잔소리 엄청나네.

할머니는 요술쟁이

 가은의 집에서 5분 거리에 할머니 댁이 있다. 매주 일요일 점심이나 저녁에는 꼭 할머니 댁에서 함께 식사했다. 그래서 평소에는 이동 가방도 없이 보미를 품에 안고 다녀오곤 했다. 이날은 평소와 다르게 커다란 장바구니에 배변 패드며 사료, 간식, 각종 그릇, 장난감을 바리바리 챙겼다. 무거운 짐은 아빠가 둘러메고, 가은은 보미를 안으면 다희는 뜨거운 햇볕이 보미에게 닿지 않게 손으로 막기에 바빴다.
"아이고, 우리 강아지들 왔네~"
"할머니, 저희 왔어요!"
"어여와. 어여."
 여느 때처럼 할머니는 손녀들을 반갑게 맞았다. 손녀들에 가려 미처 발견하지 못했던 보미가 할머니의 목소리를 듣고 고개를 빼꼼 내밀었다.

"으잉? 뽀미도 왔네. 뽀미야, 잘 있었어?"

주름이 자글자글해진 손으로 보미의 엉덩이를 토닥이는 할머니였다. 할머니는 왜 이리 말랐냐며 보미와 눈을 맞추기 위해 고개를 기울였다. 그러자 보미는 할머니가 반가운 듯 꼬리를 힘차게 흔들었다. 그리고 부드럽게 만져주는 따뜻한 할머니의 손을 한참이나 핥아댔다. 보미에게 필요한 것들을 한가득 챙긴 가방을 내려놓으며 아빠가 운을 떼었다. 아주 오랜만에 가족 넷이서 여행 갈 기회가 생겼는데, 호텔에 반려동물이 출입할 수 없다는 사실을 나중에 알게 되었다면서, 며칠만 잘 부탁드린다고. 아빠의 이야기를 가만히 들으시던 할머니가 입을 열었다.

❧

"그래서 너희끼리 놀러 가야 되니 뽀미를 맡아달라, 이 말이냐?"
"하하, 잠시 부탁드린다는 거죠. 금방 올 거예요."

괜히 멋쩍어진 아빠가 어색한 미소를 지으며 할머니께 계속 설명에 설명을 더했다. 그러면서 두 딸에게 도와

달라며 눈빛을 보냈다. 할머니가 서운한 기색을 보이자, 다희가 곧바로 달라붙었다. 그간 닦아온 막내 스킬로 할머니의 손발을 주무르며 애교를 부리기 시작했다. 평소라면 그런 다희를 못 본 척할 가은이었지만, 이날은 가은도 주저 없이 합세했다. 할머니는 양쪽 팔에 붙어 애교 부리며 부탁하는 손녀들 모습에 못 이기는 척 승낙했다. 한껏 들뜬 목소리로 뺨에 입맞춤을 멈추지 않는 손녀들의 모습에 할머니는 웃음을 터뜨리고 말았다.
"우와! 역시 우리 할머니가 최고야. 진짜 이렇게 좋은 할머니가 어디있니. 다희야, 안 그래?"
"그러니까! 진짜 우리 할머니 최고! 짱이에요!!"
"강아지들 때문에 못 산다, 내가~~ 딱 일주일이다. 응? 알았제?"
"네! 할머니, 사랑해요! 선물 사올게요!"
 할머니는 그제야 두 손녀가 챙겨온 보미 물품을 쓱 바라보았다. 그리고 원래 집의 인테리어와 가장 유사한 위치를 찾았다. 그렇게 거실 소파 맞은편에 물그릇과 사료 그릇을 나란히 두고, 현관부터 거실까지 이어지는 복도에 배변 패드를 기다랗게 두었다. 할머니는 냉장고에 붙여두고 간 '보미, 이렇게 돌봐주세요'라는 제목의 종이를 천천히 살펴보았다.

"사료는 반만 채워주세요… 이 과자같이 생긴 게 사료였지… 응, 그래."

그릇에 사료가 쏟아지는 소리가 들리자, 보미는 할머니 발밑으로 달려와 앉았다. 그 모습을 내려다보며 할머니는 미소 지었다. 시계를 보니 어느새 12시. 할머니는 식탁에 갖은 반찬을 꺼냈다. 자리에 앉아 한 숟갈 뜨려고 하니 보미가 뽀르르 다가와 발 아래 앉았다.

"벌써 다 먹었어? 어휴, 너무 말랐다. 뼈가 앙상하네. 고기 먹자, 고기."

할머니는 수저를 내려놓고, 보미를 먹일 고기를 준비했다. 비계와 오도독뼈는 떼고 부드러운 살코기만 발라냈다. 그렇게 가장 맛있고 영양가 있는 부위는 할머니 입이 아니라 보미 입으로 들어갔다. 그 뒤로 고기 맛에 익숙해진 보미는 할머니의 식사 시간만 되면 식탁 밑으로 달려와 꼬리를 살랑였다.

"얘는, 고기 먹을 때만 내 옆에 와서 알랑거리지."

한번은 소고기뭇국에 담겨있던 고기를 숟가락으로 건져내 후후 불어서 한김 식혔다. 손바닥에 고기 한 점을 올려 보미 얼굴에 들이미는 할머니. 킁킁. 보미가 냄새만 맡고 아무런 미동이 없었다.

"으잉? 왜 안 먹나? 구운 고기는 잘 먹더구먼. 물 빠진 고기는 별로야?"

🐶 할머니, 그건 소금 냄새가 나서 못 먹었어요. 나는 짠 거 먹으면 안 되거든요~

 다음 날, 보미와 할머니가 산책을 나섰다. 가은이네와 가까운 덕분에 보미에게도 평소와 다를 바 없는 산책길이었다. 아파트 단지를 둥글게 둘러 걷다가 개나리가 만개한 곳이 보이자, 보미는 고개를 주욱 내밀어 빠르게 앞장섰다. 갑작스레 빨라진 보미 때문에 할머니가 깜짝 놀랐지만, 보미가 무엇에 정신이 팔려 그런지 궁금도 하고 퍽 귀여워 절로 미소가 지어졌다.
"이게 좋으냐?"
 개나리 폭포 앞, 보미의 달음질이 멈췄다. 헥헥 거리면서도 개나리에서 눈을 떼지 못하는 보미를 본 할머니는 손을 뻗어 개나리꽃을 가리키며 물었다. 보미는 콧구멍을 벌름거리며 개나리 내음을 만끽했다. 개나리 폭포 앞에 선 보미의 몸은 유난히 더 작고 하얗게 보였다. 햇살이 내려앉은 보미의 흰 털이 은은하게 반짝였다. 보미와 산책을 마치고 돌아온 할머니는 화려한 자개가 빼곡한 옷장 문을 열었다. 두 번째 서랍장에서 한 손으로 들기에 다소 무거워보이는 반짇고리를 꺼냈다. 그리고 그 옆에 채워진 소창 면포와 묵직한 원단 가위도 연달아 꺼냈다. 날카로운 원단 가위날이 지나간 자리엔 기다란 틈이 생겼다. 옷이며 이불이며 구멍이 생겨도 알뜰히 기워 쓰던 할머니의 바느질은 머리보다 손이 더 잘 기억하고 있었다. 샛노란 실타래를 골라 바늘귀를 꽂는 할머니의 손마디는 뻣뻣했지만, 그 움직임은 매우 유연했다. 양반다리를 한 채 한쪽 다리를 꼿꼿이 세워 자세를 잡고 수 놓기 시작했다. 얼마 동안의 시간이 지나자 흰 손수건에 노란 개나리 세 송이가 피었다. 초록 실로 작은 이파리를, 갈색 실로 기다란 줄기를 곁들이자, 순식간에 개나리 자수가 완성되었다.

"뽀미야, 봐라. 예쁘지?"

얼굴 가까이에 곱게 자수 놓인 손수건을 보여주자, 코끝을 씰룩거리며 냄새를 맡았다. 할머니의 얼굴과 자수를 번갈아 보며 갸우뚱거렸다.

> 할머니 손에서 어떻게 꽃이 만들어졌지? 할머니는 요술쟁이일지도 몰라. 다시 봐도 정말 신기하단 말이지! 그런데 그 꽃은 할머니 냄새가 났어. 그래서 더 좋았어.

"신기허냐? 이거 늬 언니들 하나씩 해줘야겠다."

 할머니의 손이 몇 번 움직이자, 순식간에 개나리 자수가 하나 더 새겨졌다. 앞다리를 내밀고 스핑크스처럼 엎드려 있는 보미를 바라보다가 할머니는 수를 몇 개 더 새겨 넣었다. 그리고 테두리를 노란 실로 둘러 마무리 지은 손수건 두 개를 서랍장 위에 가지런히 올려 두었다.

 닷새가 흘러 가은이네 가족이 돌아오는 날. 띡띡띡띡띡. 도어락 번호를 누르는 소리가 들리자마자 덜컹 현관문이 열리고, 기분 좋은 소란함이 밀려 들어왔다.
"할머니~ 저희 왔어요~"
 중문을 열자마자 보미와 할머니의 모습에 가은은 웃음을 터뜨렸다.
"와하하하. 우리 보미, 엄청나게 통통해졌네!"
 거실 소파는 등받이로 하고, 바닥에 앉아 앞으로 곧게 뻗은 할머니 다리 옆으로 보미가 엎드려있었다. 며칠 만에 만난 보미는 윤기가 나고 포동포동해진 모습이 한눈에 봐도 잘 지냈다는 걸 알 수 있었다. 얼마 전까지 매끈하던 보미였는데, 뱃살이 생겨 오동통해졌다.
"할머니! 보미한테 밥 많이 주셨나 보다!"
"으잉? 아니야. 별로 안 먹였어, 나는~ 이 봐라. 아직 말랐잖아."

손사래를 치며 부정하는 할머니의 모습을 보고 가은은 더 크게 웃음을 터뜨렸다. 가은이 환하게 웃는 모습을 보고 보미도 꼬리를 흔들며 따라 웃었다.

> 언니는 날 참 좋아한다니까. 날 보자마자 행복해서 어쩔 줄 모르네. 사실 나도 그런데!

자매는 여름방학이 되면 이따금 할머니 댁에 맡겨지곤 했다. 할머니는 늘 야위었다며 계속 먹을 것을 주셔서 돌아올 때면 볼살이 통통해진 모습이었다. 살이 오른 보미를 보며 가은은 어린 시절 제 모습을 마주한 것 같은 기분이 들었다.
"자, 필요할 때 써라."
"앗, 할머니! 용돈 안 주셔도 된다니까요~"
"용돈 말고 더 귀한 거야. 받어, 얼른."
"우와! 너무 예뻐요. 이걸 아까워서 어떻게 써~"

"아깝기는. 막 써. 막. 호주머니에 넣고 다녀."

할머니가 가은과 다희의 양손에 쥐어준 건, 예쁜 수놓은 손수건이었다. 손수건에 놓인 개나리 자수를 본 가은은 할머니를 와락 껴안았다. 다시 집으로 돌아온 가은은 뭔가 생각난 듯 휴대전화를 찾았다. 까만 화면에 불이 켜지고 몇 번의 클릭 끝에 검색 창이 열렸다. 가은은 빠르게 몇 개의 단어를 입력해 넣었다.

'강아지 다이어트 사료 추천'
'강아지 급찐급빠* 팁'

*급찐급빠 : 급하게 찐 살을 급하게 뺀다는 의미의 줄임말

우리 애가 그런 거 아니에요

 햇살이 내리쬐는 고요한 오후의 공원. 나무가 많은 길을 따라 보미와 가은이 산책하고 있었다. 하지만 평화로움은 오래가지 못했다. 동네가 떠나가도록 큰 목소리로 통화를 하며 걸어오는 한 중년 남자 때문이었다. 하필 보미와 가은이 그의 맞은편 방향에서 잔디를 넘나드는 개미 떼를 구경하다가 들려오는 큰 소리에 놀라서 멈추고 말았다.
"어어, 천천히 가자~"
"젠장, 말귀를 더럽게 못 알아먹네. 몇 번을 더 말해야 아는 거야!"
 확성기를 단 것처럼 큰 목소리에 가은은 또 한 번 놀라고 말았다. 괜히 부딪치고 싶지 않아서 최대한 숨죽여 지나쳐야겠다고 생각했다. 조심스레 몸을 숙여 보미를 감싸안고 눈치를 살피던 찰나.

"뭐야, 이거!! 에이씨, 개똥 아냐? 이거?"

남자가 길에 덩그러니 남겨진 개똥을 밟아버린 것이었다. 남자는 크게 화가 나서 주변을 책책 살폈다. 그때 남자와 가은의 눈이 마주쳤다.

"너야?!"

"네?! 아니에요. 저 아니에요."

자기도 모르게 품에 안은 보미를 뒤로 숨기며 가은이 외쳤다. 억울했다. 우리가 잘못한 것도 아닌데 증명할 방법도 없고, 아저씨가 그대로 믿고 갈 것 같지 않아서 겁이 났다. 속으로 '그냥 지나가라. 제발 그냥 가라'고 외칠 뿐이었다.

"여기 너희 개밖에 더 있어? 너희 아니면 어떤 놈인데. 싸질렀으면 똑바로 치워야 할 것 아냐, 다 버렸잖아!!"

"아니에요... 저 정말 아니에요."

그저 아니라는 말을 반복해서 하는 수밖에 다른 방법이 없었다. 눈물이 날 것 같았지만, 꾹 참았다. 모른 척 지나갈걸, 가은은 이런 상황이 후회됐다. 한참 동안 가은을 노려보던 남자는 바닥에 신발을 거칠게 벅벅 비볐다.

"개를 애지중지해서 뭐 한다고. 죽으면 다 부질없는 거야! 개똥이나 똑바로 치워! 더럽게 재수 없네."

칵, 퉤!

맑은 하늘에 날벼락처럼 갑작스러운 남자의 말에 가은은 아무 말 하지 못한 채 얼어버렸다. 한바탕 쏟아내고서도 분이 풀리지 않았는지 남자는 씩씩거리며 빈 보도블록을 신경질적으로 차며 걸어갔다. 끼잉. 보미는 미동 없는 가은을 올려다보며 애처로운 눈빛을 보냈다. 그리곤 고개를 주욱 뻗어 가은의 턱을 핥아댔다. 가은은 보미를 안고 있던 팔에 힘을 주어 더 꽉 감싸안았다.

"그때 가장 슬펐던 게 뭔지 알아? 내가 보미를 지키지 못했다는 거…. 그게 너무 화가 나고 슬펐어. 보미한테 미안했고."
"에이, 그게 왜 못 지킨 게 돼."
"눈앞에서 보미한테 함부로 말하는데 내가 아무것도 못 하고 멀뚱하니 서 있었잖아. 그런 말을 듣게 한 것도 미안한데, 내가 아무것도 하지 못했으니까… 그래서 미안하더라고."

"에잇, 왜 그 아저씨는 괜히 너랑 보미한테 화풀이냐! 그나저나 누가 안 치우고 간 거야. 괜히 오해 사게."

친구가 대신 화를 내줘도 가은은 어쩐지 속이 시원하지 않았다. 며칠 후, 가은은 보미를 데리고 다시 산책을 나섰다. 오늘은 그 공원을 피해 다른 데로 갈까 싶었지만, 보미가 좋아하는 곳이라 그냥 가기로 했다. 가은은 괜히 그 아저씨가 또 나타날까 봐 조마조마하면서 두리번두리번 주위를 살폈다. 앞서가던 보미가 발걸음을 멈추고 무언가를 들여다보고 있었다.

"보미, 뭐해? 뭐 있어?"

보미의 얼굴이 위치한 곳을 따라 가은의 시선이 내려갔다. 보미의 시선 끝에는 다른 개의 똥이 있었다. 어마어마한 것이 큰 개의 것이 분명했다.

"아, 뭐야."

와, 저거 기억난다. 언니, 응가가 너무 커서 나도 한참 봤잖아. 근데 강아지 똥이더라? 내가 냄새 맡아 보니까, 그 근처에 있는 캠핑장에서 형이랑 고기 파티하고 몇 분 전에 누고 간 거더라고. 지금 봐도 이미 어마하네.

그냥 지나치려던 가은은 걸음을 멈췄다. 잠시 생각하더니 보미와 연결된 하네스 줄을 팽팽히 당겼다. 그리고 쪼그려 앉아 한 손에 배변 봉투를 능숙하게 감쌌다. 일을 저지르고 간 지 얼마 되지 않았는지, 얇은 배변 봉투 너머로 미지근한 온기가 느껴졌다. 가은은 헙! 숨을 참고 눈을 질끈 감으면서도 남의 집 개똥을 처리했다. 묵직한 똥 봉투를 손에 들고 있자니 썩 유쾌하진 않았지만, 말끔해진 산책로가 보기 좋았다. 집에 돌아와 변기에 버리려던 찰나, 엄마가 똥 봉투를 보며 기겁했다.

"헤엑? 아니, 이거 보미 똥이야? 왜 이래? 이렇게 많이 쌀 리가 없는데, 우리 보미가?"

"아니. 이거 보미 거 아니야."

"엥? 보미 게 아니야? 그럼, 왜 네가 그걸 들고 있어?"

지금의 상황이 이해되지 않았던 엄마가 어떻게 된 일인지 물었다. 가은은 엄마한테 며칠 전 공원에서 있었던 일과 오늘 들고 들어온 똥 봉투의 정체에 대해 털어놓았다.

"참나, 뭐 그런 아저씨가 다 있니. 그리고 좋은 일을 하는 건 맞는데, 남의 집 개똥을 무슨 수로 계속 치워주니. 그건 그 집 보호자가 해야 할 일인데."

"그렇긴 한데, 우연히 보면 한두 번 정도는 치울 수 있지, 뭐. 괜히 우리 보미가 오해받지 않으면 좋겠어."

똥, 똥, 똥. 계속 이어지는 똥 이야기에 괜히 구린 냄새가 나는 듯했다.

"그래. 근데, 저건 너무 커. 개똥 맞니?"

"엄마, 나도 깜짝 놀랐잖아. 진심."

"그래. 뭐 귀찮고 번거로운 일이긴 한데, 잘했다, 잘했어. 엄마는 보미 똥만 치울 거야. 우리 보미는 응가도 아주 조그맣고 예뻐. 그렇지, 보미야?"

"보미는 좋겠다, 엄마가 똥도 예뻐해 줘서."

제 이름이 불리자 보미는 웃으면서 엄마와 가은 곁을 뱅뱅 돌았다.

네가 살린 거야

 제 할 일을 다 하고 퇴근하는 해가 온 세상을 붉게 만드는 시간. 가은도 일을 마치고 평소처럼 모래주머니를 찬 것처럼 양발 무겁게 버스 정류장으로 걸어가고 있었다. 외투 주머니에서 넣어둔 스마트폰이 진동으로 덜덜덜 떨리는 게 느껴졌다. 아무 생각 없이 꺼낸 스마트폰 화면에는 낯선 번호가 떠 있었다. 평소라면 낯선 번호는 받지 않았겠지만, 그날은 이상한 기분에 걸려 오는 전화를 무시하지 못하고 받았다.
 '안녕하세요, 가은님. 저희는 영상 피해 처리 업체인데요...'
 "네? 영상 피해라뇨? 무슨 소리예요?"
 전화를 건 사람은 통화 내내 영문 모를 소리만 해댔다. 가은이 계속 그런 적 없다, 무슨 소리하는지 모르겠다고 말하자 일단 보내주는 내용을 확인해 보라며 통화를 마쳤다. 가은은 자그마한 알림 화면이 다 담지 못한 메시지 전문을 보려고 화면을 눌렀다. 순간 가은은 걸음을 멈췄다. 스마트폰을 잡고 있는 손바닥이 식은땀으로 축축해지는 듯했다. 화면을 꽉 채우고 있는 건 동영상이었다.

 영상 속으로 보이는 건 분명 낯선 장소와 낯선 몸인데 그 여성의 얼굴이 가은의 것이었다. 일순간 몸속 장기들이 한 번에 땅 밑으로 꺼지는 듯한 느낌이 들었다. 헛구역질이 올라왔다. 금방이라도 바닥에 주저앉아 버릴 것 같았지만, 아득해지는 정신을 붙잡고 무언가 붙잡고 기댈 것을 찾았다. 몇 걸음 옮겨 길가에 있는 가로수에 손이 닿았다. 빠르게 몸을 기대고, 천천히 숨을 내쉬었다. 한참 동안 가은은 아무런 미동 없이 그렇게 서 있었다. 조금씩 정신이 돌아온 가은은 일단 집에 가야겠다고 생각했다. 금방이라도 주저앉을 듯 휘청거리면서도 천천히 걸음을 옮겼다.

 쾅! 현관문을 닫고 들어오자마자, 가은은 집 안에 누가 있는지 살펴볼 새도 없이 곧바로 자신의 방으로 들어와 문을 잠갔다. 심장 소리가 귀를 타고 머릿속에서 쿵쿵 울리는 듯했다. 정신을 잃지 않으려고 머리카락 사이로 손을 넣어 있는 힘껏 세게 움켜쥐었다. 머리카락이 당겨지면 분명 고통스러울 텐데 지금 가은에게는 아무런 고통이 느껴지지 않았다. 여전히 떨려오는 손으로 휴대전화에 검색 사이트를 열었다. 이럴 땐 어떻게 해야 하는지, 누구한테 물어볼 길이 없었으니까.

'딥페이크 피해 신고'
 그제야 이따금 뉴스에서 들었던 기억이 떠올랐다. 남의 이야기라고만 생각했던 일이었다. 내가 피해자가 될 거라고는 꿈에서도 상상해 본 적 없던 일이었다. 최근, AI 기술이 발달하면서 클릭 몇 번 만으로도 감쪽같은 허위 영상을 만들었고, 그래서 피해 보는 사람들이 생각보다 많다는 이야기. 솔직히 남의 이야기니까, 관련한 이야기들을 듣고도 '불편하겠다.' 정도로만 생각했을 뿐이었다. 그런데 그 일이 가은에게 일어난 것이었다. 그저 평범한 20대 회사원이 '디지털 성범죄 피해자'가 되어버렸다. 뭘 어떻게 해야 할지 몰라서 일단 받은 메시지 내용을 신고부터 했다.
"이제 어떻게 하지…"
 일단 신고는 했지만, 자기 얼굴이 사용된 영상이 언제, 어디서 어디까지 퍼질지 모른다는 불안감이 가은은 덮쳤다. 보통은 무슨 일이든 똑 부러지게 대처하고 해결하는 가은이었지만, 이번 일은 어떤 좋은 생각도 떠오르지 않았다. 머리끝까지 이불을 뒤집어쓰고 몸을 웅크렸다. 차라리 잠들어버리면 아무 생각도 하지 않을 수 있을 텐데, 반대로 정신이 또렷해지는 것 같았다.

💬 가은! 나도 이제 퇴근했다! ㅠㅠ

조용하던 휴대전화의 진동이 울렸다. 가은의 남자 친구였다. 기다렸다는 듯, 바로 전화를 걸었다.
"나, 큰일 났어…."
집 앞에 도착했다는 남자 친구의 전화에 곧장 아파트 1층으로 내려갔다. 마를 새 없이 계속 눈물이 흐른 바람에 가은의 얼굴은 마치 한 겨울에 꽁꽁 얼어서 죽어가는 듯 파리했다. 가은의 남자 친구는 아무 말 없이 가은을 품에 안았다. 겨우 그쳤던 눈물이 다시 터져 나왔다. 꺽꺽 소리 내며 우는 가은을 느리고 차분하게 다독였다.

🐶 언니가 엄청 많이 울었네…. 그러고 보니, 이때쯤 언니가 엄청나게 힘들어했던 기억이 나. 언니가 힘들 때, 언니 옆에 있어 주지 못해서 미안해. 아, 속상해….

다음 날, 아침 일찍부터 가은은 남자 친구와 변호사 사무실에 다녀왔다. 피해 사실 여부를 확인하기 위한 질문을 했을 뿐인데, 그 자리에 앉아 있는 시간 동안 도망치고 싶을 만큼 불편했다. 사건 해결을 위해 피해자가 직접 각 기관을 찾아가고 사건 내용을 입 밖으로 내뱉고, 비용까지 지급해야 하는 현실이 괴로웠다. 심지어 이 고통의 과정을 겪어도 범인 검거가 확실치 않다는 말들이 여기저기서 전해올 때 덤덤히 받아들일 수밖에 없다는 것이 가장 가은을 힘들게 했다.
"같이 밥이라도 먹어야 하는데…."
"아니야. 괜찮아. 출근해야 하는 건데 미안해하지 마. 집에 가서 내가 챙겨 먹을게."
"그래도…."
"같이 가줘서 고마웠어. 나 혼자였으면 절대 못 했을 거야."
 애인을 보내고 오랜만에 본가에 왔다. 제 방에 들어가 외투도 벗지 않은 채 침대에 엎드렸다. 가은의 머릿속엔 부정적인 생각들이 꼬리에 꼬리를 물었다. 그때였다. 토도독. 방문 닫는 것을 잊은 탓에 열린 문틈으로 보미가 들어왔다. 침대에 얼굴을 처박고 있는 가은 곁으로 보미가 다가왔다. 원래라면 침대 귀퉁이에 비스듬한 경사로가 있어야 하는데, 어제오늘 넋 나간 채로 움직이던 가은에 인해 엉망이 되어버렸다. 가은의 침대로 올라가는 경사로가 끊어진 것을 발견한 보미는 신음을 내기 시작했다.

 흐으잉. 힝. 그 소리에 가은이 고개를 들었다. 시야를 가린 머리칼을 걷어내니 한껏 불쌍한 표정을 한 보미의 얼굴이 정면으로 보였다. 앞발을 가지런히 모은 보미의 얼굴을 보니, 입가에 길게 자란 털이 동그랗게 말려 양쪽 눈을 가린 채였다. 보미가 눈을 깜빡일 때마다 덩달아 팔랑이는 털이 잔망스럽게 움직였다. 가은의 입에서 외마디가 터져 나왔다.

"아, 귀여워."

 가은은 보미가 있는 바닥으로 몸을 옮겼다. 보미는 가은이 가까이 오자, 가은의 볼을 계속 핥았다. 입가에 자란 털이 가은의 코끝을 간지럽혔다.

"언니가 웃을 기분이 아닌데, 우리 보미 덕에 웃네."

 양손으로 보미를 감싸 품속으로 끌어당겼다. 보미의 등을 쓰다듬다가 손을 가만히 멈추었다. 손바닥 전체로 미세하게 보미의 심장박동이 느껴졌다. 희미하지만 분명 살아있음을 알리는 규칙적인 리듬이 가은의 마음에 안정을 가져다주었다. 가은은 갑자기 자리에서 일어나 방을 나가는 보미를 바라보며 의아했다. 다시 방에 들어온 보미의 입 안 가득 무언가를 물고 있었다. 방석에 숨겨두었던 간식 스틱 세 개를 가져온 것이었다. 그리고 보란 듯이 가은의 손에 내려놓았다. 가은이 움직이지 않자 보미는 이마로 가은의 손가락을 밀었다.

"우리 보미, 이거 언니 주는 거야? 완전 감동이네."

언니가 너무 슬퍼 보여서 맛있는 거 가져다준 거였어. 헤헤. 난 맛있는 거 먹으면 기분이 좋아지거든. 내가 제일 좋아하는 거 언니 준 거야.

가은이 보미의 머리를 부드럽게 쓰다듬었다. 가만히 앉아 있던 보미가 갑자기 몸을 돌려 거실로 나갔다. 어딜 가는 걸까 궁금해하며 가은은 보미를 따라나섰다. 보미의 사료 그릇이 비어 있는 것을 보고, 바로 사료를 가득 채워주었다. 그리고 문득 어제저녁부터 지금까지 한 끼도 먹지 않았다는 사실을 깨달았다.

"이건 보미가 다 먹어. 언니도 밥 챙겨 먹을게. 고마워,

우리 보미."

 까드득 까드득. 보미가 사료 먹는 모습을 보고 가은도 간단히 식탁을 차렸다. 입이 바싹 마른 탓에 식욕이 느껴지지 않았지만, 보미를 보니 밥을 먹을 수 있을 것 같았다.

"보미 덕에 언니가 밥 챙겨 먹네. 걱정 안 시킬게. 언니도 너처럼 밥 잘 먹을게." 제 이름이 반복해서 들리자 보미는 가은을 향해 웃어 보였다.

보미가 보내는 편지

 어릴 땐 늘 나랑만 놀던 언니가 언제부턴가 밖에 놀러 나가는 일이 많아졌어. 속상하기도 했지만 언니에게 중요한 게 많이 생긴다는 건 기쁜 거니까. 그만큼 사랑할 수 있는 마음이 넓어졌다는 거잖아! 나도 사랑하고 친구들도 사랑하려면 마음이 엄청 엄청 넓어야 할 수 있는 거니까 말이야. 만약에, 슬픈 일이 생기면 혼자 견디려고 하지 않았으면 좋겠어. 언니 곁에 있는 사람들은 언제든지 언니를 위로할 준비가 되어 있거든. 날 믿었던 것처럼 한 번 더 믿어봐. 분명히 언니에게 사랑을 전해 줄 거야. 그리고 미안해하지 말고, 사랑한다고 말해줘. 계속 그래왔던 것처럼.

보미가 내주는 숙제 : 집 밖에 나가서 좋아하는 사람 만나기

4장.
생각보다 빨리 찾아온 아픔

어두웠던 등잔 밑

 넘실대던 햇살이 창틀을 넘어 집 안으로 들어왔다. 하늘은 유난히 선명하게 파랗고, 구름 한 점 없이 맑았다. 푹푹 찌는 더위가 가고 선선한 바람에 얇은 겉옷을 찾게 되는 계절이 되었다. 시곗바늘 소리만이 고요한 집 안을 채우고 있었다. 방학을 맞이한 가은이 침대 위에서 쿠션과 베개를 두고 그사이에 얼굴을 반쯤 묻은 채 누워있었다. 마치 움직이는 걸 잊어버리기라도 한 것처럼. 지난밤, 잠들기 전까지 정갈했던 머리가 헝클어져 아무렇게나 사방으로 흩어져 있었다. 얼굴 전체를 가린 채 축 늘어진 검고 긴 머리칼 때문에 섬뜩하게 느껴질 지경이었다.

 그런 가은의 곁에 보미가 동그랗게 몸을 말아 잠들어 있다. 으으으으. 뻐근한 몸을 늘리며 가은이 반대로 돌아누웠다. 가은의 움직임이 느껴지자 보미도 덩달아 꿈틀거렸다. 코오오오. 킁킁. 얼마나 깊이 잠들었는지 보미의 자그마한 코와 입에서 규칙적인 숨소리가 새어 나왔다. 잠에서 완전히 깨지 못한 가은이 여전히 두 눈을 감은 채, 습관적으로 보미의 등을 쓰다듬었다. 멈칫. 어딘가 이상함을 느낀 가은은 눈을 번쩍 뜨더니, 자리에서 튀어 올라 침대 위에 바로 앉았다.

"어? 이게 뭐지? 보미, 왜 여기 구멍이 났어?"

등의 털을 얼마 헤집지도 않았는데, 빽빽하던 보미의 등에 어제까지 보이지 않던 민둥한 분홍색 피부가 드러났다. 탈모였다. 그동안 단 한 번도 발견하지 못했던 커다란 구멍에 가은의 얼굴빛은 사색이 되었다. 보미가 가은의 가족이 되어 산지는 올해로 15년이었다. 그동안 보미의 노화를 눈치채지 못한 것은 아니었지만, 이렇게 큰 탈모 흔적은 처음이라 매우 놀랐다.

"어쩜 좋니, 보미야… 왜 이런 거야? 나이 들어서 그런 거야?"

가은이 보미의 얼굴을 물끄러미 바라보다가, 양손으로 감싸며 입을 맞추었다. 가은의 손에 얼굴을 맡긴 보미의 모습이 편안해 보였다. 함께 살아온 시간 동안, 몸에 힘을 빼고 온전히 의지해도 괜찮다는 걸 보미는 알고 있었다.

"잠깐만! 언니가 약 발라줄게."

🐶 언니! 있지, 내가 푹 자고 일어났는데 언니가 내 얼굴을 감싸고 뽀뽀해 주면 참 좋았어. 눈 뜨자마자 언니를 보고 싶어서 곁에 누워 잔 적도 있어. 그나저나 내 등에 구멍 난 거, 좀 슬프기도 하지만… 이렇게 보니까 좀 웃기다. 누가 분홍색 색연필로 동그랗게 칠해놓은 것 같잖아!

 가은은 침대에서 몸을 일으켜 거실로 나갔다. 거실에는 나이든 반려견을 위한 물건들이 가득 있었다. 가은이 파란 손잡이가 달린 약상자를 열었다. 그 안에는 알코올 솜, 강아지용 면봉, 압박붕대, 테이프 등 의료용품뿐만 아니라 미용가위, 크기별 빗, 양치용 손가락장갑 같은 반려견을 위한 제품이 한데 뒤섞여 있었다. 약상자 제일 아래, 빨간 글씨로 '위급할 때'라고 적힌 플라스틱 스프레이를 하나 집었다.
"아, 여기 있었네."
 예전 같으면 언니 껌딱지인 보미가 거실로 나가는 가은을 총총 뒤따랐을 텐데, 오늘은 도통 움직이지 않았다. 침대 위에서 두 눈을 감은 채, 쭉 뻗은 앞발에 머리를 기대어 엎드려 있었다. 약을 챙긴 가은이 다시 방으로 들어왔다.

🐶 맞아. 저 때는 계속 잠이 와서 언니를 따라 나갈 기운이 없었어.

"치, 오늘은 언니 따라 나오지도 않네. 보미 공주님. 어서 치료받으시지요."

걱정되는 마음을 감추기 위해 일부러 장난스럽게 말하는 가은이었다. 보미는 잠깐 눈을 떠 가은의 얼굴을 바라보다가 다시 고개를 떨구었다. 가은은 보미의 몸을 품에 안아 들고 제 무릎에 뉘었다. 탈모가 생긴 부위를 찾기 위해 손가락으로 털을 골랐다. 스프레이를 분홍빛 살갗에 가까이 가져가서 약을 도포했다. 반들반들한 살에 약이 닿자, 보미는 몸을 부르르 떨었다. 그 모습을 가만히 지켜보던 가은이 보미의 등을 토닥였다.

"보미 할머니, 탈모 와서 약 발라 드리는 거예요. 차가워서 놀라셨어요? 문지르면 끝이야. 괜찮아, 괜찮아."

가은의 품에 안긴 보미는 느릿하게 눈을 깜빡였다.

"오늘은 입맛이 없어? 하나도 안 먹었네."

 한 손에 쏙 들어올 정도로 작은 그릇에 곱게 으깬 사과즙이 가득 담겨있었다. 엄지손가락보다 조금 큰 티스푼으로 사과즙을 떠 보미의 입 앞까지 가져가도 보미는 고개를 돌릴 뿐이었다. 가은은 왜 그런지 모르겠다며, 티스푼을 코 아래 바짝 붙여 사과 냄새를 맡았다.

"상한 것도 아닌데. 웬일이지? 보미가 제일 좋아하는 사과를 마다하고. 오늘은 별로 안 내키나 보네. 그럼, 언니가 맛있게 먹지, 뭐~"

 가은은 그릇째로 사과즙을 털어 넣었다. 그 모습을 올려다보며 보미는 눈만 끔뻑일 뿐이었다. 그리곤 쭉 뻗은 다리 사이로 그 사이로 얼굴을 내려놓았다. 가은은 입맛이 돌아오면 꼭 말하라며, 아직은 윤기 나는 보미의 뒤통수를 오래도록 쓰다듬었다.

　언니, 앞으로는 아픈 걸 더 이상 숨기지 못할 거야. 너무 놀라지 않았으면 좋겠는데... 걱정이네.

그게 무슨 말씀이세요, 선생님

톡. 토독. 톡.

이른 아침부터 거실 바닥과 부딪치는 보미의 발소리가 거실을 가득 채웠다. 이제는 성장이 느려진 탓에 발톱을 깎은 지 2개월이 넘었지만, 여전히 짧은 발톱이 오히려 거실의 적막을 경쾌하게 깼다. 보미는 새하얀 배변 패드 앞으로 가서 두어 번 제자리를 빙글빙글 돌다가 자리를 잡고 오줌을 누었다. 보미의 몸이 유난하게 떨렸다. 여느 때처럼 보미에게 다가가 볼을 비비려던 가은의 시선이 패드에 꽂혔다. 혈뇨였다. 순간, 가은의 다리에 힘이 풀려 바닥에 주저앉고 말았다.

"이게 뭐야…. 엄마, 엄마!!"

가은은 겨우 자리에서 일어나 거실 바닥에 널브러져 있던 혈뇨의 흔적을 엄마에게 가져다 보였다. 엄마는 가은이 들고 오는 것에서 선홍빛 얼룩을 보았다. 미세하게 떨리는 입술을 간신히 열고 엄마가 말했다. 무탈하던 일상에 적색등이 켜지는 순간이었다.

"...당장 병원 가자."

> 🐶 으으. 저 때 진짜 많이 아팠어. 바늘로 배를 쿡쿡 찌르는 느낌이었어. 너무 아픈데 소리도 못 낼 정도였어.

창틈으로 길게 햇살이 들어오고, 그 끝엔 기운 없이 옆으로 드러누운 보미가 있었다. 아침에 소변을 보면서 남아 있는 기력을 다 소진했는지 실눈을 뜰 힘조차 없어 보였다. 귀가 맥없이 나풀거리고 까끌까끌하게 각질이 일어난 콧잔등 주위로 털이 벗겨져 반들반들하게 피부가 드러났다. 엄마는 부지런히 차 열쇠를 챙겼고, 가은이 보미를 담요에 둘러싸서 안은 채 집을 나섰다. 급하게 가은과 엄마가 나간 후, 미처 끄지 못한 형광등만 환하게 거실을 밝히고 있었다.

"접수됐으니까 잠시만 기다려주세요."

"우리 보미가 좀 급해요, 선생님. 아침에 혈뇨를 봤어요. 심각한 것 같은데, 먼저 양해 좀 구할 수 없을까요?"

"보호자님, 다른 아이들도 다 아파서 온 거 아시잖아요. 걱정되시는 마음 이해 못 하는 건 아니지만, 진료 순서를 임의로 당기는 건 어려워요."

"아…. 그렇죠. 네…. 죄송합니다."

한 손에 진료차트를 수북이 들고 빠르게 지나가는 간호사의 옷자락을 붙잡아 엄마가 애원했다. 결국 난처해하는 간호사를 놔주며 엄마는 또 연신 허리를 숙여 사과했다. 사람들이 가는 병원만 붐비는 게 아니었다. 주말 오전의 동물병원은 발 디딜 틈이 없을 정도였다. 등받이가 없는 기다란 의자에 가은과 엄마가 나란히 앉았다. 보미를 껴안은 가은의 손가락은 쉴 새 없이 보미의 몸을 만졌다. 보미의 털 하나하나를 어루만지는 손가락의 움직임은 불안한 듯도 하고, 침착해 보이기도 했다. 그러던 가은의 시선이 한 곳에 멈췄다.

소중하지 않은 생명은 없습니다. - ○○○ 수의사

가은은 문구를 바라본 후, 얼굴을 쓸어내렸다. 품에 안긴 보미는 이따금 눈꺼풀만 움찔거릴 뿐, 전처럼 힘 있게 고개를 들고 가은을 바라보거나 꼬리를 흔들어주지 않았다.

🐶 아플 때 병원을 가야 한다는 건 잘 알지만, 기분 좋은 곳은 아닌 것 같아. 물론 의사 선생님이 싫다는 건 아니고. 주사 놔줄 때는 너무 아팠지만, 잘했다고 칭찬도 해주고 예쁘다고 말해주던 게 의사 선생님이니까. 그나저나 오늘도 친구들 엄청 많다. 쟤는 자주 마주친 것 같네. 자꾸 아픈가 봐.

"보미, 들어오세요."
"네!"
 간절히 기다리던 이름이 호명되자 가은과 엄마가 벌떡 일어나 진료실로 걸어갔다.

※

"그게 무슨 말씀이세요?"
"말씀드린 그대로입니다. 염증이 방광까지 번져서 결국 혈뇨를 본 것으로 판단됩니다."
"그전에는 그런 진단 들은 적 없었는데요…. 보미는 며칠 전까지 팔팔했어요. 물론 어제오늘 컨디션이 별로긴

했지만, 지금껏 건강했다고요. 그런데 어떻게 갑자기…"

"음, 제가 볼 땐 갑자기 시작된 게 아닙니다. 보미는 노견이니까요. 이제 마음의 준비를 하셔야 해요."

끝내 인정하고 싶지 않던 이야기가 수의사의 입에서 흘러나왔다. 가은은 기운 없이 제 품에 안겨 있는 보미의 뒤통수를 가만히 바라보았다. 미동 없는 보미의 턱밑을 쓰다듬었다. 당장 보미의 숨결을 느끼지 않으면 견딜 수 없을 것 같은 절망감이 가은의 어깨를 더욱 움츠러들게 했다. 보미의 죽음이 피할 수 없는 일이라는 사실이 그녀를 더욱 괴롭게 했다. 보미의 죽음이 가족들 곁에 도착했음을 느낀 순간이었다.

"X-ray 상으로 봤을 때, 자궁 혹 크기가 매우 안 좋습니다. 일단 수술을 해봐야 정확한 크기를 알 수 있습니다. 가장 최선은 당장 수술을 진행하는 겁니다. 보호자님."

몸에서 악한 것을 도려낼 수 있으니 좋은 일이라고 여겨야 하는 걸까, 애초에 아프지 않았더라면 좋았을 텐데… 왜 하필 보미에게 이런 일이 닥친 걸까. 무수한 생각이 머릿속을 떠다니는 바람에 가은의 얼굴이 일그러졌다. 슬픔에 잠기기 전에 가은은 공허해지는 것을 느꼈다.

"후우. 선택지가 없네요. 수술해 주세요, 선생님."

"네. 현명하게 결정하셨습니다, 보호자님. 김 간호사, 당장 수술 준비해 주세요."
"네, 알겠습니다."

간호사는 가볍게 목례하고 보미를 조심스레 감싸안았다. 내부가 전혀 보이지 않는 문 사이로 보미가 사라지자, 가은에게서 눈물이 왈칵 쏟아졌다. 그대로 있다가는 큰 소리로 울어버릴 것 같아 양손으로 얼굴을 감쌌다. 머리카락이 그대로 쏟아져 내리면서 온 얼굴에 덕지덕지 붙었다.

강아지도, 사람도 왜 아픈 걸까? 안 아프고 매일 매일 건강하기만 하면 좋겠는데. 언니가 우는 모습은 지금 봐도 너무 슬퍼. 그래도 나 정말 고마웠어. 언니가 아파하는 나를 계속 안아줬으니까.

얼마나 시간이 흘렀을까. 그 작은 몸을 수술하는 데, 장장 4시간이 걸렸다. 기다리는 내내 눈물을 흘린 가은의 눈은 통통 붓고 붉었다. 가은은 두 다리를 세워 웅크린 채 앉아 있었다. 보미와 함께 지낸 이후 생긴 습관이었다. 보미를 품에 안지 못할 때면 꼭 제 다리라도 안는 가은이었다. 철컥. 굳게 닫혀있던 수술실의 문이 열리고 수의사가 모습을 드러냈다. 그와 동시에 가은과 엄마가 후들거리는 다리에 겨우 힘을 실어 의자에서 일어났다.

"선생님! 보미는 이제 괜찮은 건가요?"

상기된 목소리로 묻는 가족들을 바라보며 수의사가 고개를 끄덕였다.

"네. 보미 수술은 잘 마쳤습니다. 자궁은 전부 적출했고, 방광은 약물 치료로 가능한 수준으로 판단해서 그대로 두었습니다. 그 외 다른 장기들은 이상 없습니다. 일단 절대 안정을 위해 3일 정도 입원하고, 그 후에 경과를 지켜보시죠."

"3일 입원… 네. 고생 많으셨어요. 선생님. 정말 감사드립니다."

"보미가 잘 버텨준 거로 생각합니다. 기다리시는 동안 맘고생 많으셨습니다."

가은과 엄마는 서로의 손을 꼭 잡고 허리 숙여 인사했다. 그제야 수의사는 짙은 초록색 마스크의 리본을 풀었다. 마스크에 흡수되지 못한 땀방울이 관자놀이에 맺혀 있었다. 수의사는 숨을 길게 내쉬며 눈인사했다. 그대로 모녀를 지나치려는 수의사의 옷자락을 겨우 붙들며 엄마가 조심스럽게 물었다.

"혹시 보미 멀리서 볼 수 있을까요? 물론 선생님께서

수술을 잘 해주셨겠지만, 3일 동안 못 본다고 생각하니 마음이 많이 쓰이네요. 부탁드려요."

"물론입니다. 지금 회복실에서 안정을 취하고 있습니다. 잠시 보시죠."

구부정한 자세로 부탁하는 엄마의 모습에 수의사는 친절히 안내했다. 수의사를 따라 들어간 곳엔 수술 후 퇴원을 기다리는 동물들이 빽빽하게 자리하고 있었다. 그중에서도 가장 구석에 몸을 웅크리고 있는 녀석이 보미였다. 굳게 잠긴 자물쇠 위로 환자명이 적혀 있었다. 매직으로 급하게 휘갈겨썼지만 이름만큼은 선명히 보였다.

이름 : 보미(여)
견종 : 말티즈
수술 일자 : 2018.9.9.(3일 입원 후 논의 예정)

주삿바늘을 주렁주렁 달고 있는 보미는 자가 호흡이 힘든 상태라 꽤 굵은 호스를 입에 꽂고 있었다. 평소 예방접종 주사를 맞을 때마다 무서워서 벌벌 떨던 보미와는 사뭇 다른 모습이었다. 눈꺼풀도 떨리지 않고, 흰 털이 빠져 갈색 반점이 가득한 분홍빛 배만 희미하게 움직일 뿐이었다. 두꺼운 회복실 유리창을 사이에 두고 보미를 바라보는 가족들은 수술을 잘 마쳤다는 기쁨을 느끼기보다는, 혹 보미가 일어나지 못하면 어쩌나 안절부절못했다. 여러 의료기기의 도움을 받아 겨우 생을 이어가는 듯한 보미의 모습을 바라보던 엄마가 입을 틀어막았다.

"지금은 비록 호흡기의 도움을 받는 상태지만, 그마저도 보미의 의지겠죠. 이제 천천히 마음의 준비를 하시길 바랍니다. 보미를 위해서요."

수의사는 굉장히 친절하게, 듣고 싶지 않은 이야기를 했다. 가은은 뭐라도 대안이 없겠느냐고 목소리를 내려다가, 말보다 울음이 터져 나올 것 같아 애꿎은 입술만 꽉 깨물었다. 가족들은 눈을 질끈 감고 고개만 여러 번 끄덕일 뿐이었다.

수술하고 나면, 놀라울 만큼 빠르게 건강해질 수 있을 줄 알았는데…. 가족들한테 걱정만 끼치고…. 그나저나, 수의사 선생님은 아직 내가 깨어나지 않아서 무섭고 떨릴 가족들에게 마음을 준비하라는 얘기나 하고, 참. 선생님 T에요?

무거운 산책길

 보미가 수술 후 회복한 지 1년이 지났다. 길에 선 가로수들이 울긋불긋하게 단풍 진 완연한 가을이었다. 토요일 아침 7시. 길게 늘어진 머리카락을 돌돌 말아 집게 핀으로 고정하며 가은이 거실로 나왔다. 평소라면 직장 다니며 쌓인 평일의 피로 때문에 해가 중천에 뜰 때까지 침대 밖을 나오지 않았을 텐데, 웬일인지 오늘은 아침 일찍부터 어딘가 모르게 분주했다. 가은은 하네스와 커다란 산책 가방을 챙겼다. 그러고는 아직 꿈속에서 헤매는 보미의 얼굴을 손바닥으로 감쌌다. 그 손길이 느껴졌는지 보미가 잠에 취한 눈을 느릿하게 뜨며 가은을 향해 고개를 돌렸다. 그때 안방에 있던 엄마가 주방으로 나오며 말했다.

"어머, 일찍 일어났네? 왜, 좀 더 쉬지. 피곤할 텐데."
"보미랑 나갔다 올게."

"이렇게 아침부터 어디 가려고?"

"산책 다녀오게."

"아픈 애를 데리고?"

분주하게 보미의 다리에 하네스를 끼우며 가은이 대답했다.

"찾아보니까 아프다고 집 안에 계속 있는 것보다 산책하는 게 더 좋대. 오늘 날씨도 좋은 것 같고."

"아무리 그래도 보미는 좀 아픈 게 아니잖니. 이젠 할머니 강아지잖아. 혼자 물도 못 마셔. 엄마는 좀 걱정인데…"

엄마는 식탁에 올려둔 미지근한 물을 컵에 따라 마시려다 내려놓았다. 한 손으로 턱을 괸 채, 가은의 분주한 모습을 가만히 바라봤다. 가은은 엄마의 시선을 느끼면서도 애써 마주치려고 하지 않았다. 그러면 안 될 것 같았다.

"엄마, 이제는 평일에 내가 늦게 퇴근해서 도저히 산책하러 갈 수가 없잖아. 그나마 오늘이니까 나갈 수 있는 거야. 내가 보미 힘들게 할 것도 아니고. 그냥… 둘이 산책이라도 할게. 나도 취직하고 업무 적응하느라 보미 얼굴도 제대로 못 봤단 말이야."

결국 산책할 준비를 마쳤다. 보미 전용 슬링백* 안에 보

---

*슬링백 : 반려동물 이동시, 견주가 크로스 백 형태로 착용하는 가방. 반려동물의 얼굴은 밖으로 나와 있고, 몸통만 감싸 주는 형태.

미를 태웠다. 배변 패드, 위생 티슈, 배변 봉투, 담요까지 담은 산책 가방을 어깨에 멨다. 엄마는 너무 오랜 시간 산책하지 말아라, 중간중간 꼭 쉬어라, 생수병을 쥐여주며 당부에 또 당부를 더 했다.

"후우."

산책하러 나오는 것뿐인데, 흡사 백패킹을 하러 가는 사람 같았다. 몇 걸음 떼지도 않은 것 같은 가은의 이마엔 일찍부터 땀이 송골송골 맺히기 시작했다. 보미의 하네스와 배변 봉투만 준비하면 충분했던 산책은 이제 없어졌다. 만일을 대비해 묵직하게 챙긴 보미 물건을 어깨에 메고, 노화되어 약해진 보미의 무게 역시 짊어져야 했다.

우리 산책하는 모습이 완전히 달라졌네. 전에는 언니랑 나란히 걸어갔는데 말이야. 사실, 나는 이때 했던 산책도 좋았어. 가까이 안겨 있던 덕분에 쿵쾅 쿵쾅 언니 심장 소리가 더 잘 들려서 편안했거든.

 10kg이 채 되지 않는 무게에도 급격히 지쳤다. 집을 나온 지 10분 만이었다. 아파트 단지를 두리번거리던 가은은 정자를 발견했다. 있는 힘을 끌어모아 조금 빠른 걸음으로 정자를 향해 걸음을 옮겼다. 정자에 도착하자마자 짐을 내려놓고 두툼한 담요를 꺼냈다. 반듯하게 접어 보미 자리를 만들어준 뒤, 조심스레 보미를 뉘였다. 그래 놓고 정작 제 자리는 살피지 않는 가은이였다. 신발을 아무렇게나 벗어둔 채 보미의 얼굴과 가까운 곳에 자리를 잡고 대자로 뻗었다.
"아, 좋다."
 기지개를 주욱 켜며 손목을 돌리는 가은 옆에 담요로 돌돌 말아 누워있는 보미는 양털로 둘러싸인 것처럼 포동포동했다. 오랜만에 외출한 보미는 얼굴만 빼꼼 내민 채 코를 씰룩이며 냄새를 맡았다. 몇 가닥 없는 길쭉한 수염을 이리저리 살랑이며 눈을 위아래로 굴렸다. 천장에 향해 있던 시선을 보미에게로 옮기며 가은은 몸을 웅크렸다. 한 팔로 팔베개를 만들고, 다른 손으로 보미의 등을 토닥였다. 가을의 냄새를 맡던 보미는 고개를 내밀어 가은의 볼에 가져다 댔다. 가은은 몸을 더욱 웅크리며 온몸으로 보미를 감싸안았다.

"보미야, 언니랑 산책 나왔잖아. 언니는 말이야, 너랑 산책 많이 하고 싶어. 언니가 짐도 다 들고, 너도 안고 다닐 테니까 산책 많이 하자. 사실 언제까지 할 수 있을지는 모르겠어. 너랑 둘이 집 밖으로 외출하는 걸 가족들이 반대할 수도 있고."

보미의 콧잔등을 손가락으로 톡 가리키며 가은이 말했다. 갑작스레 코에 무언가 닿은 보미는 어리둥절하며 고개를 좌우로 움직였다. 뻑뻑한 장난감처럼 굳은 보미의 움직임을 보니 가은은 코끝이 시큰해졌다. 하얀 보미의 발을 쓰다듬으며 말했다. 팔베개를 만든 팔 틈새로 눈물이 흘러내렸다. 보미의 발바닥 검은 젤리에 입을 맞추며 애써 웃어 보이는 가은이었다. 덤덤한 척 나즈막이 이어지는 가은의 목소리에는 먹먹함이 가득 묻어있었다.

"미안해, 보미야. 욕심인 것도 알고, 네가 힘들 수 있다는 것도 아는데… 가만히 집에만 있으면 안 좋은 생각만 계속 들어서… 보미야, 조금만 힘내줘. 조금만, 조금만 더 언니랑 놀자. 언니가 너 맛있는 거 많이 사주려고 엄청 열심히 돈 벌고 있단 말이야. 벌써 가면 아쉽지 않겠어?"

언니, 나 언니랑 산책하러 가는 거 엄청 좋았어. 집에 누워 있으면 창문으로 바람도 불어오고, 새소리도 가끔 들리지만, 이제는 내 코가 늙어 버려서 잘 안 느껴졌거든. 언니랑 산책하러 간 덕분에 가을이 온 걸 알 수 있었어. 고마워, 언니.

이별을 연습한다는 게 말이 되니

"다녀왔습니다."
 또각또각. 툭. 퇴근한 가은은 현관에 구두를 아무렇게나 벗어놓았다. 닫혀 있던 제 방문을 열고 가방만 쓱 내려놓았다. 발바닥을 질질 끌며 화장실로 가서 손을 씻었다.
"밥 먹어야지, 가은아. 고생했어."
"오늘은 배가 별로 안 고파요, 엄마. 괜찮아요. 이따 정 배고프면 내가 알아서 챙겨 먹을게요."
 거실 쇼파에 앉아있던 엄마가 부엌으로 향하려는 모습을 보고 가은은 귀찮다는 듯 대충 허공을 향해 손을 휘저으며 말했다. 엄마는 내심 걱정을 하면서도 억지로 밥 먹일 나이를 한참 넘긴 가은의 편을 들어주었다. 인덕션 위에 올려두었던 냄비를 냉장고에 다시 넣으며 엄마가 말했다.

"그래, 알겠어. 배고프면 꼭 꺼내 먹어. 하다못해 과일이라도."
"네~ 걱정하지 마세요."
 곧바로 냉장고 문을 닫지 못하는 엄마의 얼굴에 냉장고 불빛이 반짝였다. 그 탓에 찌푸린 미간에 깊은 그림자가 드리웠다. 띠링띠링. 얼른 문을 닫아달라며 소음을 만들어내는 냉장고 문을 대신 닫으며 입꼬리에 힘을 주어 미소 짓는 가은이였다.

 가은은 방으로 들어와 문을 닫고 그 문을 벽 삼아 기댄 채 쪼그려 앉았다. 두 손으로 머리를 감싸며 웅크리던 가은이는 손목에 걸려 있던 머리끈으로 머리카락을 질끈 묶었다. 그리고 건너편에 위치한 다희의 방에 들어갔다. 가은은 대화가 밖으로 새 나가지 않도록 방문을 굳게 닫았다.
"어? 언니 퇴근했네. 밥 먹었어? 엄마가 언니 준다고 표고버섯 넣고 된장찌개 끓였는데. 두부를 얼마나 많이 넣었는지 찌개가 하얘."

"됐어. 입맛 없어. 우리 보미 여기 있었네~"

다희 방에는 보미가 함께 있었다. 누구라도 집에 도착하면 제일 먼저 현관 앞에 마중 나오던 보미는, 이제 찾아가 이름을 불러도 무반응이었다. 보미의 등을 쓰다듬는 다희 옆에 가은이 앉으며 말했다.

"그나저나 너 알아보고 있어? 준비해야지."

"뭘 준비해?"

"뭐겠어."

"먼데, 뭐를."

"제일 하기 싫은데 꼭 해야 하는 거."

"취직?"

"보미 장례 준비."

보미를 쓰다듬던 다희의 손짓이 멈췄다.

"어?"

"아, 몇 번을 말해. 제대로 들었잖아. 보미 장례 준비하자고."

"에이, 아직 아니야. 아직 괜찮아, 우리 보미. 그렇지, 보미야~ 언니랑 오래오래 살 거지? 그때 수술하고 잘 지내고 있잖아. 에이, 아니야. 아직은."

"정신 차려야지. 보미 곧 죽어."

보미의 등을 쓰다듬던 다희의 손끝이 멈췄다. 머리칼을 한 번 쓸어 넘기고는 가은의 눈을 정면으로 쏘아보며 말했다.

"언니는 오늘 지금 꼭 그 얘길 해야 해?"

 가은을 바라보는 다희의 눈빛이 차가웠다. 가은 역시 싸늘한 눈으로 다희를 응시하고 있었다.

"지금 말한 것도 늦은 거야. 보미 수술했을 때, 마음의 준비 해야 한다고 하셨잖아. '장례'라는 말을 쉽게 할 수 있는 사람이 어딨겠어. 만약, 보미 죽잖아? 그 순간 엄마는 쓰러질지도 몰라. 아빠는 또 어떻고. 엄마보다 덜 충격받을 거라고 확신할 수 없잖아. 그런데 우리 벌써 성인이야. 받아들이기 힘들어도 어떻게든 정신 잡고 감당해야 할 나이가 됐다고."

 연쇄 폭격기처럼 날아든 팩트에 다희는 한마디도 하지 못하고 묵묵히 듣고 있었다. 순식간에 차오르는 눈물을 닦는 것조차 자존심이 상한 다희는, 울음소리가 입 밖으로 새어 나가지 않도록 입술을 세게 깨물었다. 조금이라도 긴장을 놓으면 들썩거릴 게 뻔한 어깨를 숨기기 위해 온몸의 힘을 주고 부들부들 떨고 있었다. 그런 다희의 어깨에 가은이 손을 얹으며 말을 이었다.

"난 좋은 이별 같은 건 세상에 없다고 생각하거든. '좋은'이랑 '이별'은 같이 나란히 쓸 수 없는 단어라고. 근데, 보미는 최대한 잘 보내주고 싶어. 적어도 첫 이별이라, 아무것도 몰라서 어쩔 수 없었다는 핑계를 대고 싶지 않을 뿐이야. 너는 안 그래?"

어깨를 토닥이며 이어지는 가은의 말에 다희는 천천히 고개를 끄덕였다. 잔뜩 힘을 주어 뻣뻣해진 목에 힘을 빼자 헉, 하고 울음이 터져 나왔다. 최대한 잘 보내주고 싶다는 마음은 다희도 마찬가지였으니까. 자매가 긴 대화를 나누는 동안 보미는 어떤 미동도 없었다... 전처럼 가족들의 대화 소리가 들리면 고개를 빳빳이 들고 귀를 쫑긋거리던 활발함은 사라졌다. 하지만 반응 없는 보미의 모습에 서운함을 느끼는 사람은 아무도 없었다. 혼자 힘으로는 아무것도 할 수 없다해도, 곁에서 오래도록 숨 쉬길 바랄 뿐이었다.

"너무 가만히 자는데? 밑에 손대봐."

가은이 검지 손가락을 보미의 코 앞에 가져갔다.

"어? 숨 쉰다."

"잘하고 있어, 보미야. 그렇게 숨 쉬어~"

희미한 콧김으로 아직 살아있다고 알려주는 보미의 머리를 조심스레 쓰다듬었다. 다희가 기지개를 켠 후 보미

옆에 나란히 누웠다. 가은은 노트북을 열어 검색을 시작했다. 깜빡깜빡. 하찮은 크기의 얇은 막대가 모습을 드러내고 감추기를 반복했다. 검색창에 [반려동물]까지는 수월하게 적었지만, 정작 다음 단어를 적지 못하고 시간만 보냈다. 양손을 키보드 위에 올려놓은 채 열 손가락을 쉬이 누르지 못하고 움찔거렸다.

"그래. 보미를 위해서야. 가능한 한 잘 보내기 위한 일이야."

후우. 가슴께가 위로 둥글게 솟았다가 천천히 내려갔다. 가은은 양손으로 제 볼을 두어번 쳤다. 짝짝. 크고 깊은숨을 내쉰 후에야, 가은은 정확한 검색어를 적었다.

[반려동물 장례, 강아지 죽었을 때, 강아지 죽고 난 후 대처법]

"이름이 뭐 이래."

편안하고 안락한 우리 반려 친구들의 마지막을 책임집니다. 아픔을 함께 짊어지겠습니다. - 해피스마일 펫로스장례식장 직원 일동.
: 24시간 상담원 연결이 가능하나, 야간 장례 진행 시 추가 요

금이 발생합니다.

"펫로스랑 해피, 스마일이 어울린다고 생각하나? 장례 업체 이름이 뭐 이따위야."

가은은 눈썹을 치켜올렸다. '자기들이 뭔데 우리 보미를 잃은 슬픔을 나눠 가져? 그럴 수 있기는 한 거야?' 생각할수록 속에서 불쑥 화가 올라왔다.

"하나도 안 즐거운데 뭐가 해피라는 거야, 스마일은 개뿔. 너 같으면 그 상황에 해피 스마일이 되겠냐. 어떤 멍청한 인간이 장례 업체 이름을 이렇게 지은 건지."

하고 싶은 말을 삼키는 편이 더 익숙했던 가은이지만, 오늘은 들릴 듯 말 듯 구시렁거리며 불쾌한 마음을 내비쳤다. 슬픔이 가득 찬 속을 어쭙잖게 이해하고 위로하는 것 같은 장례 업체 이름이 맘에 들지 않았기 때문이었다. 가은이의 머릿속을 가득 채우는 분노는, 화풀이할 대상을 만났다는 생각에 우수수 쏟아졌다. 다희 앞이라 그마저도 또 참아낸 것이지만. 드르륵. 마우스 휠을 손가락으로 굴리며 상세 페이지를 샅샅이 살펴봤다.

> 업계 1위! 가장 친절하고 세심한 장례식장! 메모리얼 스톤 제작, 액세사리 제작, 국내 최대 다수 유골함 디자인 보유! 언

제든지 연락해 주세요. 친절히 안내해 드리겠습니다.

"오, 메모리얼 스톤 좋다. 언니 우리 나중에 꼭 이거 만들자. 나 모아둔 돈 있어."
"네가 돈이 어딨어. 해도 언니가 부담하면 돼. 비용은 걱정하지 마. 그 대신…."
"그 대신?"
"나 일하는 동안 보미가 떠나도 꼭 전화해 줘. 아무래도 보미랑 제일 시간을 많이 보낼 수 있는 건 너랑 엄마니까. 난 회사 가 있는 시간이 많잖아."
"…알겠어, 언니."

홈페이지 하단을 가득 채운 혜택이나 정확성, 실제 견주들의 이용 후기는 해당 업체를 조금이나마 신뢰하게 했다. 탁. 탁. 마우스를 책상에 신경질적으로 두드렸다. 가은 옆에 도넛처럼 둥글게 몸을 웅크리고 누운 보미는 둔탁한 소음에도 전혀 반응하지 않았다.

🐶 언니들이 이렇게 미리 준비를 시작한 줄 몰랐어. 괜히 더 오래도록 슬퍼하진 않았을까, 미안하기도 하고 고맙기도 하고… 다시 돌아갈 수 있으면, 언니들 옆에서 투닥거리는 소리 들으면서 누워서 잠들

고 싶어!

이름 : 해피스마일 펫로스장례식장.
전화번호 : 070-66**-0191
숨이 멈췄을 때 가장 먼저 할 일 : 부패를 늦추기 위해 아이스팩을 몸 곳곳에 대준다. 입과 코 등 온몸의 구멍에서 분비물이 나올 수 있으니, 솜을 끼워준다.

다희는 휴대전화 메모장을 열어 가은이 불러주는 정보를 받아 적었다. 빠른 속도로 메모하던 다희는 잠시 생각에 잠겼다. 생각에 잠긴 다희를 기다리지 못한 휴대전화 화면은 검은색으로 바뀌었다. 다희는 옆에 누운 보미를 바라보았다. 그리고 휴대전화를 켜서 다시 기록을 이어갔다.

📅 숨이 멈추었을 때 가장 먼저 할 일
　보미에게 사랑한다고 말해주기. 부패를 늦추기 위해...

보미가 보내는 편지

  안녕, 언니. 나와 아픔을 함께 이겨내줘서 고마웠어. 혼자 먹지 못할 때도 친절히 먹여줘서 고마워. 아무것도 하지 않아도 예뻐해줘서 고마워. 더 이상 괜찮아질 수 없는 나였지만, 포기하지 않고, 홀로 두지 않고 언제나 곁에 머물러줘서 고마워. 우리 가족은 나에게 온통 기쁨이었는데, 나도 그렇게 기억되길 바랄 뿐이야. 아파서 움직이지 못하고 애교도 없어진 나를 끝까지 만져줘서 고마워. 조금도 움직이지 못할 만큼 늙어버린 나를 거뜬히 안아 대신 걸어줘서 고마워.

  나는 말야. 내가 가만히 있더라도 언제든 내 앞으로 다가와 주는 그림자가 참 반가웠어. 언니의 손을 바라보면 항상 사랑이 들려 있었거든. 받는 만큼 나도 주고 싶었는데, 잘 전달됐는지는 모르겠어. 오늘도, 잘자. 내 가족, 많이 사랑해! 보미가.

보미가 내주는 숙제 : 옆에 있는 사람에게 의지하기

보미의 죽음이 피할 수 없는 일이라는 사실이 그녀를 더욱 괴롭게 했다. 보미의 죽음이 가족들 곁에 도착했음을 느낀 순간이었다.

5장.
믿기지 않는 현실

네게 줄 최선은

'기록적인 추위가 지속되는 가운데, 자정까지 폭설이 지속될 전망입니다. 퇴근길 유념하시기를 바랍니다.'

 다음 버스 정거장 안내가 끝난 라디오에서 흘러나온 기상 안내 방송에, 버스에 타고 있던 승객들은 귀를 기울였다. 또 눈이 온다는 소식. 여기저기서 탄식이 쏟아진다. 이미 무릎까지 올라오는 부츠도 소용없을 만큼 눈이 내리고 있었다. 살을 에는 추위에 발가락 감각은 사라진 지 오래였다. 무거운 몸을 이끌고 집으로 가던 가은은 갑자기 하차 버튼을 누르고 버스를 세웠다.
 띠링. "아, 오늘 진료는 끝났어요. 죄송합니다." 돌돌이 테이프로 의자에 붙은 온갖 강아지 털을 떼어내던 간호사가 안타까운 얼굴로 말했다.
 "늦은 시간에 죄송합니다. 저, 진료는 괜찮은데요. 잠시

선생님 뵐 수 있을까요? 잠시면 돼요."

정중하게 고개 숙여 요청하는 가은의 모습에 간호사는 잠시 고민하다가 진료실로 다가가 상황을 전달했다. 무턱대고 동물 병원에 도착하긴 했지만, 경우 없는 자신의 모습이 부끄러워 문 발치에 서 있는 가은이었다.

"죄송해요, 선생님. 퇴근하셔야 하는데…"

"아닙니다. 보미 보호자님. 오죽하셨으면 지금 시간에 오셨겠습니까. 앉으시죠."

수의사는 괜찮다며 가은에게 의자를 꺼냈다. 신발 겉면에 달라붙은 회색빛의 질척한 눈이 바닥으로 흘러 신발 테두리에 그을음을 만들었다. 언제나 보미와 함께 찾아왔던 진료실에 동물은 없고 사람만 둘이었다. 깍지 낀 손을 진료대 위에 올리며 수의사가 물었다.

"오늘은 보미도 없이 혼자 오셨네요. 어쩐 일이실까요?"

"우리 보미요…. 정말 아무런 방법이 없나요?"

가은의 단도직입적인 질문에 수의사는 말없이 차트를 들여다보았다. '완치 가능성 희박' 붉은 글씨로 적어둔 메모를 바라보던 수의사가 입을 열었다.

"사실대로 말씀드려도 괜찮으시겠습니까?"

"네. 선생님의 솔직한 생각을 듣고 싶어요."

"그때 발견한 염증은 제거했었지만, 워낙 나이든 강아지라 상태가 호전될 수 없을 것 같네요. 이 내용은 다시 내원하시면 안내해 드리려고 했던 건데, 아무래도 지금 말씀드리는 편이 더 좋겠네요. 저번에도 말씀드렸다시피 보미는 노견입니다. 그것도 초고령 노견이요. 이 부분, 동의하십니까?"

"...네. 알고 있습니다."

"더 이상의 수술은 어려울 만큼 보미의 컨디션은 매우 좋지 않습니다. 이제 보미에게 수술은 필요 없다는 뜻이기도 합니다. 보미의 상태는…."

가은이는 찬찬히 고개를 들어 맞은편에 앉은 수의사와 시선을 맞추었다. 눈동자와 입술이 파르르 떨렸다.

"안락사를 권할 정도입니다. 받아들이기 어려우시겠지만, 보미의 고통을 멈추게 하는 최선의 방법입니다. 물론 보호자님과 가족들의 동의가 있을 때만 시행되겠죠. 음, 그리고 약효가 현저히 낮지만, 이 약물을 사용해 보시는 방법도 있긴 합니다만…."

"약이요? 약이 있나요, 선생님? 당장 처방해 주세요. 최대로 투약할 수 있는 용량만큼요. 비용은 얼마가 들어도 상관없어요."

가만히 앉아 수의사의 이야기를 듣던 가은은 '약'이라

는 단어에 벌떡 일어났다. 캄캄한 우물에 빠진 이에게 한 줄기 동아줄이 내려온 듯, 가은은 흥분을 감추지 못했다.

'그래, 방법이 아예 없을 리 없어, 약효가 낮더라도 보미에게는 효과가 높을지도 모르잖아, 약 먹으면 다시 기운을 차릴지도 몰라. 안락사라니, 그런 건 보미에게 있을 수 없는 일이야.'

그런 가은의 모습을 수의사는 가만히 바라보다가 약을 건넸다. 가은이 병원에서 처방받은 약 봉투는 꽤 묵직했다. 하루에 두 번씩 복용하는 약 한 달 치와 수월한 급여를 돕는 바늘 없는 주사기 여러 개가 담겨 있었다. 욱여넣은 약 봉투의 무게를 감당하지 못하고 비닐봉투의 가장자리에 얇고 기다란 구멍이 생겼다.

가방을 다시 바로 메고, 구멍 난 약 봉투를 소중히 품에 안았다. 혹시라도 보미의 약이 젖을까, 잔뜩 기울인 우산이 가은의 얼굴을 가렸다. 우산의 가장자리를 따라 흘러내린 녹은 눈송이가 가은의 등을 적셨다. 가은은 수의사의 마지막 말을 곱씹었다.

"보호자님, 보미가 버거워한다면 그땐 투약을 중단하셔야 합니다. 그리고 보미의 몸을, 얼굴을 오래 들여다

보세요. 그럼, 무엇이 필요한지 알게 되실 겁니다. 이제 보미는 약이 필요한 게 아닙니다. 반드시 기억하세요."

❀

 집 안 곳곳에는 보미의 물건이 놓여 있었다. 거실에는 배변 패드, 현관 중문에는 하네스와 배변 봉투가 걸려 있었다. 달라진 게 있다면 하루에 한두 개씩 사라지던 사과가 수북이 쌓여 있었고, 해맑게 웃고 있는 강아지 얼굴이 그려진 배변 봉투만 줄어드는 것이랄까. 가은은 필요한 것들을 미리 쌓아두는 습관이 있었다. 취향에 맞는 것을 발견하면, 서너 개씩 구매해서 종류별로 모아두는 바람에 보미 물건 역시 모자란 적이 없었다.

 분명 매일 시간은 동일하게 흐르는데, 이상하게 보미의 시계만 고장 난 것처럼 보였다. 건전지 약이 얼마 남지 않은 시계를 발견하는 방법은 의외로 간단했다. 초침, 혹은 시침이 같은 위치에서 앞으로 나아가지 못하고 팅팅 팅기는 모습이 '때'를 알게 하는 신호니까. 보미가 딱 그랬다. 가족들은 가능하다면 보미의 태엽을 감아

서라도 그의 생이 오래 지속되길 매일 소원했다. 더 이상 손쓸 방법조차 없는 그날이 오지 않길 바라며, 보미를 살리기 위해 최선을 다하자고 수없이 되뇌었다. 하지만, 애써 외면해도 예정된 이별의 그림자는 서서히 가족을 감싸고 있었다.

싫어, 싫다고, 싫다니까!

끼이잉. 낑.

"안돼. 불편해도 어쩔 수 없어."

자기를 제압하는 힘에서 벗어나려고 버둥거리는 보미의 신음이 들렸다. 가은은 흔들림 없이 단호한 표정과 감정이 한 톨도 섞이지 않은 말투로 말했다. 왼손으로는 보미의 앞발을 쥐고, 허벅지 사이로 보미 몸통을 고정했다. 가은이 앉은 자리 옆으로 온갖 물건이 나뒹굴고 있었다. 보미가 가장 좋아하는 사과에 물약을 소량 묻혀 먹이려고 했지만, 뱉어버린 흔적이 가득했다. 갖은 노력에도 도무지 약을 삼키지 않는 바람에 결국 결박해서 강제로 약을 먹이려던 가은이었다.

보미는 가은의 품에서 벗어나기 위해 필사적으로 버둥거렸다. 앗! 보미가 힘껏 발을 구르다가 가은의 턱을 할퀸 것이었다. 얇지만 긴 상처 위로 핏방울이 맺혔다. 하지만 가은은 아랑곳하지 않고 다시 보미와 눈을 맞추며 말했다.

"너 이거 먹어야 해. 그래야 살아."

보미는 고개를 힘껏 좌우로 저으며 발악했다. 입안에 물약 주사기가 닿으려는 순간, 보미는 가은의 허벅지 사이로 탈출했다.

"너 진짜! 약 먹어야 한다니까!"

토도독. 타닥. 보미는 안방 문 뒤에 숨었다. 가은은 큰 소리로 한숨을 내쉬며 안방으로 향했다.

"안 되겠다."

아련한 눈빛으로 올려다보는 보미를 순식간에 안아 거실로 옮겼다. 그리고 거실 바닥에 다시 자리를 잡고 앉았다. 오른팔로 보미의 몸통을 꽉 감쌌다. 가은은 보미의 왼쪽 얼굴을 자신의 가슴팍에 파묻고 오른손으로 턱 밑을 감싸 쥐었다. 이번에도 보미는 빠져나가기 위해 안간힘을 썼지만, 그 어디에도 빠져나갈 구멍이 없자 제자리에서 얼굴을 부르르 진동하듯 떨었다.

"먹어, 이제."

완벽히 제압된 보미의 입안에 주사기를 넣고, 부여진 어금니 사이로 물약을 밀어 넣었다. 보미는 계속해서 다리를 버둥거렸지만, 입에 들어오는 약을 삼킬 수밖에 없었다. 팅. 컵 안에 빈 주사기를 던지듯 넣었다. 가은은 다시 물이 담긴 주사기를 입안에 찔러넣었다. 쓴맛이 가시게 돋는 물이란 걸 아는지 보미는 꼴깍꼴깍 잘 받아마셨다. 보미의 입안이 빈 것을 확인한 가은은 간식 큐브를 넣어주었다. 찹찹. 기분 좋은 맛이 입 안을 개운하게 만들자 얇고 기다란 혀로 코와 입 주변을 핥는 보미였다. 둥그런 보미의 엉덩이를 빠르게 토닥이며 가은은 안도의 숨을 내쉬었다.

"잘했다, 보미야. 정말 잘했어."

언니가 주사기로 주려던 게 너무 써서 정말 안 먹고 싶었어. 왜 그렇게 억지로 먹이나 했는데, 사실 나 나으라고 준 약이었구나. 난 그것도 모르고 싫다고 버둥거리고 있었네. 끝까지 먹여줘서 고마워, 언니. 하긴, 언니는 항상 나에게 제일 좋은 걸 해줬지.

"보미야, 너 저녁때 약 또 먹어야 해. 이제 언니가 요령 알아버려서 탈출 못 해. 앞으로도 잘 먹어보자!"

"아니, 보미야. 그냥 방석에 쉬해도 된다니까."

 보미는 마음처럼 움직이지 않는 몸을 질질 끌며 기어코 방석에서 떨어진 화장실 앞에 놓인 패드까지 기어가려고 했다. 엄마 말이 들리지 않는 건지, 우아한 말티즈로서의 자존심과 청결을 지키기 위함인지 보미는 엄마의 만류에도 몸을 이동해보려고 했다. 하지만 보미의 몸은 예전 같지 않아서, 원하는 곳에 미처 도달하기 전에 긴장이 풀려버렸다. 어느새 보미의 소변이 온몸을 적시고 바닥에 누런 얼룩을 만들었다. 네 발이 모두 소변에 잠긴 보미가 옴짝달싹 못 하고 겨우 고개를 돌려 엄마를 바라보며 낑낑댔다.

"방석에 일부러 패드 깔아놨는데…. 그래. 네가 지저분한 걸 못 참지."

 엄마는 손 닿는 거리에 있는 보미 카트에서 두루마리 휴지를 꺼냈다. 그리곤 보미의 몸과 가까운 부분부터 닦아주었다. 소변이 흥건한 거실 바닥엔 아무렇게나 휴지 더미를 만들어 놓은 채 보미를 번쩍 들어 화장실로 향했다. 세면대 배수구를 닫고 따뜻한 물을 손바닥으로 옮겨

가며 보미의 몸을 닦아주었다.

"몸에 쉬 묻는 거 제일 싫어하는데, 그치 보미야."

초점 없이 허공을 응시하는 보미는 엄마의 손에 몸을 맡겼다. 엄마는 한 손으로 보미의 가슴께를 받치고 다른 손으로 몽글몽글하게 샴푸 거품을 만들었다. 보미가 목을 쭉 빼서 엄마의 볼을 핥자, 엄마의 얼굴에 옅은 미소가 번졌다. 수건으로 보미의 몸을 돌돌 말아 나오는데, 미처 정리하지 못한 거실을 가은이 정리하고 있었다. 비닐봉지에 젖은 휴지를 담고 소독제를 뿌려 말끔히 닦았다.

"가은아, 언제 일어났어? 그거 보미 먼저 씻기고 엄마가 치우려고 했는데."

"방금. 화장실 가려다가 이거 먼저 치우려고. 괜찮아, 다 했어. 아침부터 보미 씻기느라 고생했네."

가은이 엄마 어깨에 손을 얹으며, 엄마 품에 안긴 보미에게 코를 찡긋하고 인사했다. 화장실에 들어가 문을 잠근 가은은 세면대에 떨어진 보미 털을 하나둘 집었다. 손바닥 위에 모아놓고 보니 빠진 털 개수가 꽤 많았다.

"원래 털도 잘 안 빠졌었는데, 몸 한 번 씻겼다고 이만큼이나 빠지는구나…"

두루마리 휴지를 뜯어 그 위에 털을 가지런히 올렸다. 한 올도 빠뜨리지 않게 접은 후 주머니에 찔러 넣었다.

기꺼이 낮아질게

 언제부턴가 홀로 아파트 단지를 산책하는 게 가은의 습관이 됐다. 지잉. 엘리베이터 위에 뜬 붉은 숫자가 하나씩 줄어들더니 어느덧 1층에 도착했다. 텅 빈 엘리베이터 안으로 몸을 밀어 넣었다. 곧이어 초등학생 정도로 보이는 여자아이가 품에 자그마한 강아지를 안고 뒤따라 올라탔다. 그러고는 양팔로 강아지를 감싸안은 채 짧은 손가락을 뻗어 겨우 층수 버튼을 눌렀다. 그제야 엘리베이터에 먼저 타 있던 가은을 발견한 아이가 고개를 숙이며 인사했다.
"안녕하세요."
"안녕."
 여자아이의 품 안에 있는 게 작은 강아지라는 걸 알아차리기까지 몇 초도 걸리지 않았다. 꿈틀거리는 담요 사이로 검은 코가 씰룩이는 모습을 본 가은이 아이에게 말을 걸었다.

"강아지가 정말 귀엽게 생겼다."

"그렇죠? 히히. 얘는 뽀야예요. 제가 이름 지어줬어요."

"뽀야. 이름도 귀엽네."

"언니도 강아지 좋아해요?"

"그럼. 언니도 강아지 키워."

"그런데 언니네 강아지는 어디 있어요?"

아이는 행여나 놓칠까, 얇은 팔로 따듯한 아기 강아지를 꼭 껴안은 채 두 눈을 반짝이며 물었다. 순진하고 티 없이 맑은 커다란 눈망울로 가은을 바라보면서. 가은에겐 그 소중한 걸 왜 지금 지니고 있지 않냐는 물음처럼 느껴져 조금 당황스러웠다.

"지금은 집에 있어. 언니네 강아지는 아주 아프거든. 할머니 강아지야, 이젠."

가은은 눈을 마주치지 않은 채 대답했다.

"아, 할머니 강아지구나. 언니는 강아지랑 산책 안 해요?"

"응. 이젠 안 해. 아니, 못해."

"왜요?"

"아주 아파서. 아주 많이 아프거든. 우리 보미는…"

"아, 아프구나…."

 궁금증이 가득하던 얼굴에 금세 슬픔이 덧입혀졌다. 잠시 정적이 흘렀다.

"사진 보여줄까?"

"네, 좋아요!"

 잠깐 아이에게 보여줄 보미의 모습을 골랐다. 가은은 자세를 낮춰 어린아이와 시선을 맞춘 후, 휴대전화 화면을 보여주었다. 어린이 품에 안겨 있던 뽀야는 낯선 냄새에 킁킁거리며 얼굴을 앞으로 내밀었다.

"이렇게 생겼구나. 우리 뽀야랑 조금 닮은 것 같아요."

"맞아. 언니네 강아지도 말티즈거든. 이름도 닮았다?"

"언니네 강아지 이름은 뭔데요?"

"보미."

"엥. 하나도 안 비슷해요."

 잠시 생각에 잠긴 듯 정면을 보며 눈만 끔뻑거리던 아이는 가은에게 물었다.

"우리 뽀야도 언젠가 아플까요? 뽀야는 계속 아기인 채로 내 옆에 있으면 좋겠거든요. 안 아프고 나랑 맨날 산책하고 놀면 좋을 텐데…."

"시간이 오래 지나면 뽀야도 아플 수 있어. 근데, 그건 미리 걱정하지 않아도 돼. 아파도 같이 재밌게 놀 수 있다? 뽀야를 사랑하는 마음만 계속 있다면 얼마든지 잘 지낼 수 있어."

 가은은 아이의 머리를 가볍게 쓰다듬으며 말했다. 그리고 뽀야의 코 아래로 손등을 가져다 대며 손 냄새를 맡게 해주었다. 뽀야는 킁킁거리다 혀로 가은의 손가락을 핥았다. 띠링. 엘리베이터 문이 열리자, 가은이 먼저 걸음을 옮겼다.
"아, 다 왔다. 먼저 내릴게. 뽀야랑 잘 지내. 안녕~"
"안녕히 가세요. 뽀야야, 너도 인사해."
 아이가 공손하게 허리를 숙여 인사하자, 뽀야 목에 걸린 방울이 짤랑 소리를 냈다. 아이는 가은이 보이지 않을 때까지 뽀야의 자그마한 발을 잡고 인사하듯 흔들었다.

 나도 옛날에 언니랑 자주 산책하러 갔었는데. 그때는 하루하루가 재밌었어! 언니, 쟤한테 관심 너무 주지마. 질투 나니까~

 '우리 보미도 저렇게 아기였던 때가 있었는데', '나도 어릴 때 보미 안고 산책 자주 나갔었지', '언제 이만큼 시간이 흐른 걸까.' 등. 여러 생각이 가은의 머릿속을 가득 채웠다.

"말처럼 쉽진 않지만, 할 수 있는 데까지 해보자."

가은은 입술을 굳게 다문 채 고개를 끄덕이고는 현관문을 열었다.

한 데 담기자

"아, 좀 나중에 찍자니까. 꼭 오늘 찍어야 해?"

투정 섞인 말투로 다희가 말했다. 사진을 찍는 것 자체가 불만인 건 아니었다. 단지 '보미와 다 함께 찍은 마지막 사진'이 될 거라는 사실을 받아들이고 싶지 않았다. 오늘 촬영하고 나면, 앞으로는 우리 다섯 식구가 함께 사진 찍을 일이 없다는 걸 알기 때문이었다.

"오늘밖에 시간 없다니까. 그리고 엄마 아빠 결혼 25주년 기념으로 찍는 거기도 하니까, 기분 좋게 가자?"

다희의 속마음을 알지만 더는 미룰 수 없었다. 가은은 적당한 말로 다희를 타이르면서 눈치를 줬다. 가은은 아직 가격표도 떼지 않은 새 원피스를 입는 다희의 지퍼를 올려주었다. 택도 안 떼고 입으면 어쩌냐며 핀잔을 주면서도 손쉽게 툭 끊어버리는 가은이었다. 허리춤에 달린 길고 새하얀 리본을 가지런히 정돈하며 봉긋한 리본으로 묶어주었다. 그리곤 단정히 반묶음 한 다희의 머리칼을 부드럽게 쓰다듬어 주었다.

"어쩐지 뭔가 거슬리더라. 보미 리본은 어디 놨더라? 아, 여기 있네. 이건 내가 챙길게, 언니."

다희는 입을 삐죽이면서도 준비해 둔 보미와의 촬영에 필요한 소품을 가장 먼저 챙겼다.

"지금부터 하고 있으면 보미 불편할 수도 있으니까, 스튜디오 가서 해주자."

"맞아. 보미는 왜 옷 입는 걸 그렇게 싫어할까? 보미야, 언니가 사 온 게 맘에 안 드는 거야? 이거 특별 주문 제작한 거란 말이야. 오가닉 리본이라서 자극도 없다고 했는데. 봐봐. 너 이름도 자수로 놓여 있단 말이지."

이동 가방에 담겨 곤히 잠든 보미의 귀를 만지작거리며 다희가 말했다. 보미는 하네스 외엔 몸에 걸치지 않는 강아지였다. 과연 이번 촬영도 무사히 할 수 있을지, 조금 걱정이 됐다.

> 🐶 언니들, 내가 안 좋아하는 거 알면서 꼭 사 오더라~ 난 옷 입는 거 너무 별로였어! 몸을 감싸는 느낌이 마음에 안 들어! 아! 물론 우리 가족이 꼭 껴안아 주는 건 빼고!

온 가족은 아빠 차를 타고 집을 나섰다. 한껏 차려입었지만, 적막한 공기는 이 촬영이 모두에게 불편한 결정이었다는 걸 말해주는 듯했다. 스튜디오에 도착해 촬영 준비를 마친 가은은 보미를 일으켰다. 톡톡. 털썩. 보미는 몇 걸음 떼지도 않았는데 뒷다리에 힘이 풀려 넘어졌다.

"아. 우리 보미가 왜 이러지. 잘 걸을 수 있잖아, 보미야."

가은은 양손으로 몸을 지탱하기 위해 맨바닥에 무릎을 대고 앉았다. 손에 힘을 주어 몸을 일으키기를 두세 번 반복해도 보미는 제 발로 중심 잡기를 어려워했다. 결국 가은은 보미를 번쩍 들어 안았다. 그리곤 다희가 미리 챙겨둔 리본을 목에 둘러주었다. 평소 싫어하는 걸 하는데도 얌전히 있는 보미의 모습에 가은은 눈앞이 빠르게 흐려졌다.

"자, 그럼 촬영 시작할게요. 이야, 우리 친구는 몇 살이에요? 엄청나게 어려 보이네."

한 손에 얼굴만 한 카메라를 들고 사진기사가 호쾌하게 말을 걸었다. 갑작스레 들려온 보미 칭찬에 가은은 환한 웃음을 지으며 대답했다.

"저희 보미가 좀 동안이에요. 그런데 이래 봬도 할머니 강아지예요."

보미를 안고 있던 팔을 들썩이며 사진기사에게 얼굴을 보여주었다.

"전혀 그렇게 안 보이는데~ 제가 기가 막히게 찍어드릴게요. 그럼, 오늘 가족은 다섯 맞나요? 사람 네 명에 강아지 하나?"

다섯 손가락을 짝 펼쳐 보이며 사진기사가 물었다.

"네. 우리 가족, 잘 부탁드립니다!"

"네. 분위기 좋네요. 자, 그럼 간단히 포즈 잡아드릴게요. 아버님이 의자에 앉으시고, 네. 어머니께서 그 옆에. 네. 아주 좋습니다. 두 따님은 서 계시면 되고, 강아지는 누가? 아, 첫째 따님이 안고 찍으시나 보다. 알겠습니다!"

사진기사는 일사불란하게 가족들의 위치를 안내한 후 보미의 턱 가까이에 손을 뻗었다. 낯선 사람의 손길이 닿았지만, 보미는 피하지 않고 고개를 내주었다. 사진기사는 능숙한 손놀림으로 턱을 간지럽혔다.

"아이고, 귀엽네. 이 친구 이름이 뭐라고요?"

"보미예요. 보미."

"이름도 잘 어울리네요. 제가 강아지들 참 좋아합니다. 그래서 사진도 잘 찍고요. 저기, 벽에 있는 사진 보이시죠? 저도 강아지 한 마리 키웠었거든요. 그 친구 영정사진도 제가 아주 기가 막히게 찍어줬습니다. 하하."

"아…."

 예상치 못한 사진기사의 이야기를 들은 가은이 눈을 맞추며 위로의 인사를 전했다. 그 눈빛을 알아챈 사진기사는 익살스러운 윙크를 보내며 말했다.

"그러니 걱정하지 마시고요. 활짝 웃으면서 찍어봅시다. 좀 유치할 수도 있지만, 펫 촬영할 때 가장 좋은 게 강아지 이름을 부르는 거예요. 다 같이 이름 불러주면 강아지도 카메라 잘 봐줘서 사진도 잘 나옵니다. 자, 그럼 눈 크게 뜨시고요~ 하나, 둘, 셋 하면 이름 크게 부르시면서 활짝 웃을게요. 하나, 둘, 셋!"

"보~미!"

지잉. 식탁 위에 올려져 있던 가은의 휴대전화 진동이 울렸다. 곧바로 휴대전화 화면을 확인한 가은의 얼굴에 미소가 번졌다.

📅 안녕하세요. 사진관입니다. 지난주 촬영한 사진 인화가 완료되었습니다. 스튜디오로 방문하셔서 사진 수령해주세요. 그럼, 오늘도 해피한 하루 보내세요*^^*

기쁜 마음도 잠시, 가은은 축 가라앉은 머리카락과 화장기 없는 얼굴을 가리기 위해 창이 큰 모자를 푹 눌러 썼다. 도보로 10분 거리에 위치한 스튜디오로 가은은 발걸음을 옮겼다.
"안녕하세요~"
"어서 오세요! 뭐 때문에 오셨을까?"
컴퓨터 앞에 앉아 사진 파일을 살펴보던 사진기사는 바퀴 달린 의자를 요란스레 끌며 가은을 맞이했다.
"지난주에 가족사진 찍었는데요. 오늘 수령 문자 받고 왔어요. 보미네 가족이요."

"아! 금방 오셨네! 따님 혼자 오셨구나. 금방 꺼내 드릴게~"

따닥. 사진기사는 경쾌하게 손가락을 튕긴 후 검은 커튼 뒤로 이동해 액자를 찾았다. 커튼 사이로 얼굴을 내밀며 가은을 향해 물었다.

"액자가 꽤 큰 데 들고 갈 수 있겠어요?"

"네. 집이 근처라 금방이에요. 괜찮아요~"

가은은 손가락으로 집 방향을 가리키며 고개를 끄덕였다. "알겠습니다~" 사진기사는 50대 아저씨 특유의 리듬감 넘치는 말투로 대답했다.

"저 작가님…."

"네~ 친구 이름이 보미 맞죠? 아휴, 참 잘 나왔어요. 사진이."

"실례가 안 된다면 뭐 하나 여쭤봐도 괜찮을까요?"

"자, 결제는 촬영 날 이미 다 마쳤고. 뭐든 물어봐요. 모르는 거 빼곤 다 대답해 드릴게~"

사진기사는 허리를 숙여 테이블 위에 놓인 두툼한 스프링 노트에 수기로 장부를 작성하며 말했다.

"어떻게 그게 가능하셨어요?"

가은의 목적어 빠진 질문에 90도로 숙이고 있던 허리

를 젖혔다. 그와 동시에 사진기사의 배가 불룩 튀어나왔다. 그는 영문을 모르겠다는 듯, 눈썹을 한껏 들어 올리며 고개를 갸우뚱했다.

"어떤 거요?"

"강아지 키우셨다고 하셨잖아요. 저기 벽에 걸린 강아지가 작가님 강아지였다고… 그런데 어떻게 웃으면서 지내세요? 아, 이게 질문이 너무 예의 없는 것 같은데 정말 궁금해서요. 저는 아무리 준비하고 생각해 봐도 보미가 떠나고 나면 다시는 못 웃을 것 같거든요…. 죄송해요."

"아, 그거요. 에이, 뭘 죄송해요~ 손님처럼 많이들 물어보세요. 가족 같은 강아지가 죽었는데 어떻게 웃으면서 지내시냐고. 자기는 도저히 안 될 것 같다면서. 하하."

사진기사는 뒤통수를 긁적였다. 가은과 눈을 마주치지 않고 바닥에 시선을 고정한 채 말을 이어 나갔다.

"제가 웃어야 고객님들이 웃으면서 찍죠. 저라고 맨날 웃을 수 있는 건 아니지만, 조금이나마 힘이 되고 싶어서요. 시한부 강아지와 사진 찍으러 오는 심정, 누구보다 잘 알거든요. 그리고 아무리 마지막 사진이라고 한들, 울상으로 사진 남기고 싶은 사람은 없거든요. 웃는 사진 찍고 싶어 하지."

 내내 밝은 말투로 이야기하던 사진기사의 말투가 사뭇 진지해졌다. 주머니를 뒤적이며 휴대전화를 꺼냈다. 스마트폰 뒷면 아래 귀퉁이에는 사진이 하나 붙어있었다. 오래도록 붙여뒀는지 한 귀퉁이는 둥그렇게 말려 있었고 사진 테두리는 흐릿했다. 그는 엄지손가락으로 강아지 얼굴을 쓰다듬었다.
"혹시 스티커 사진 아세요?"
"그럼요. 저 학교 다닐 때 한참 유행이었는걸요."
"역시 아시네요. 이게 스티커사진이거든요. 원하시면 몇 장 뽑아드릴게. 액자도 물론 좋은데, 저건 집에 내버려두고 감상하는 거지 들고 다닐 수는 없잖아요. 카드 크기로 인화하는 것도 생각해 봤는데, 사람들이 지갑은 놓고 다녀도 휴대전화는 절대 안 놓고 다니잖아. 크크. 가족이 네 명이니까 네 개 드릴까?"

 사진기사는 넉살 좋게 웃으며 가은에게 물었다.
"와, 주시면 저야 너무 감사하죠! 아, 그럼 다섯 장도 될까요?"
"사람은 넷인데?"

 사진기사가 의아해하며 물었다.
"나중에 보미 장례하고 납골당에 같이 넣어주려고요.

크기가 딱 좋을 것 같아요."
"좋지. 그래요. 그 용도로 딱 맞긴 해. 크크. 다섯 장 줄게. 기다려보세요~"

🐶 내 납골당에 같이 있던 사진이 여기서 받은 거구나. 우리 집에 있던 커다란 사진이 조그맣게 바뀌어서 신기했는데. 그나저나 저 아저씨 참 친절하네. 아저씨네 강아지는 저렇게 생겼구나! 오호, 나중에 돌아가서 인사해야지.

 장례 이야기를 꺼내며 괜찮을 수 없을 거라고 생각했던 가은이지만, 이번만큼은 마음이 편해지는 걸 느꼈다. 이미 겪어본 사람과의 대화가 이렇게 도움이 될 줄, 미처 몰랐는데 나중을 위한 준비가 그리 끔찍하기만 한 건 아니라는 생각이 스멀스멀 올라오기까지 했다. 그래, 겪어본 사람이 그 기분을 알지. 평소 굳게 믿던 가은의 신념이 더욱 견고해지는 순간이었다.
"아, 그리고 말이 나와서 얘긴데…."
"네?"
"나중에 강아지 보내고 나면, 친구를 꼭 만나요. 진짜 둘도 없는 친구, 있잖아. 한 명이 열 사람 못 하는 그런 괜찮은 친구 말이야. 도움이 많이 될 거예요."

"친구요…? 네. 알겠습니다."

이때는 사진기사가 왜 이렇게 이야기했는지 미처 몰랐다. 가은 주변에는 반려동물을 키우는 친구가 없어서 더 그랬다.

제 몸만 한 액자를 겨우 들고 집으로 돌아온 가은은 현관 한쪽에 액자를 비스듬히 기대어 세웠다. 이마에 맺힌 식은땀을 손등으로 닦으며 숨을 골랐다. 현관에서 느껴진 인기척에 엄마가 주저앉아 있는 가은을 보더니 얼음을 띄운 물을 챙겨 곁으로 다가왔다.

"어휴, 이 큰 걸 혼자 가져온 거야? 아빠랑 같이 가지러 가지."

"이 정도는 나도 들고 올 수 있어. 거뜬해~!"

가은은 물을 벌컥벌컥 들이켠 후 엄마를 보며 씩 웃었다. 그러고는 잠깐 숨을 고른 후에야 신발을 벗고 집 안으로 들어왔다. 보미는 거실 소파 아래에 놓인 방석 위에 누워 새근새근 잠을 자고 있었다. 엄마와 가은이 주고받는 대화 소리에도 깰 생각 따위 없다는 듯. 엄마는 가은이 챙겨온 액자를 물끄러미 들여다봤다.

"사진 잘 나왔다! 그 사진기사님 성격 좋으셨는데, 실력도 괜찮네. 다 너무 잘 나왔다."

가은은 스마트폰 케이스 안에 넣어둔 가족사진 스티커를 하나 꺼내 보였다. 엄마 손에 들려있던 스마트폰 케이스에도 가족사진을 반듯하게 붙여주었다.

"어머, 이거 너무 괜찮다, 얘. 스티커로 붙이는 것도 아이디어 좋은걸? 앞으로도 사진 찍을 일 있으면 그 사진관으로 가자. 주변에도 소문내야겠어."

엄마는 가족사진을 연신 쓰다듬더니, 어디에 걸면 좋을지 이리저리 대보며 잠깐이나마 즐거운 상상에 빠졌다.

큥. 보미가 외마디 기침을 하며 눈을 떴다. 가은은 보미의 뒷모습을 찬찬히 살펴보았다. 얼마 전부터 보미는 뼈마디가 만져질 정도로 앙상해졌다. 조금 과장을 보태면, 어렸을 때보다 덩치가 작아졌다고 해도 믿을 정도였다. 더 이상 곱고 흰 털에 윤기가 흐르지도 않았다. 고개를 빳빳하게 들고 있을 힘이 부족해서 겨우 정면을 응시할 수 있을 정도였다. 이런 보미를 바라보던 가은은 잠시 생각에 잠겼다. 그리곤 말없이 액자를 옮겼다. 현관문과 부엌 사이의 짧은 복도 바닥에 액자를 기대어 두었다.

"보미야, 아무래도 넌 여기가 제일 잘 보이지? 엄마, 굳이 높이 걸어둘 필요 없겠어. 아래 내려놔도 우리 충분히 잘 보이잖아. 그렇지?"

언니가 가족사진을 바닥에 내려놔서 얼마나 고마웠는지 몰라. 내 시선이 닿는 위치에 맞게 놔준 덕분에 얼굴을 위로 높게 들지 않아도 우리 가족 얼굴이 잘 보여서 너무 좋았어. 고마워.

"나, 왔어."
"엉, 왔네."
다희의 방문을 벌컥 열며 가은이 말했다. 침대에 반쯤 파묻혀 유튜브 영상을 보던 다희는 이불 속에서 꿈틀거리며 가은에게 인사를 건넸다. 가은은 엄마에게 했던 대로 다희의 휴대전화에도 스티커 가족사진을 붙여주었다. 다희는 가은이 건네는 휴대전화를 받아 든 채 가족사진을 응시했다. 순간 속에서 무언가 울컥하고 터져 나왔다. 눈물까지 걷잡을 수 없이 흐르자, 재빨리 가은에게서 등을 돌렸다. 생각지 못한 반응에, 가은은 이불 위로 튀어나온 다희의 발을 흔들며 물었다.

"왜. 사진 맘에 안 들어? 갑자기 왜 등을 돌려?"

"아무것도 아니야. 언니 이제 언니 방으로 가."

 미처 다 숨기지 못한 먹먹함이 말끝을 뭉개 버렸다. 어휴. 가은은 짧은 탄식을 내뱉으며 다희의 엉덩이를 토닥였다. 혼자 있고 싶어 하는 다희의 마음을 읽은 가은은 더 이상 말을 걸지 않고 앉은 자리에서 일어났다.

"아, 언니."

"왜. 뭐."

"불 꺼 주고 가."

"아오. 알았다."

 애벌레처럼 이불로 제 몸을 돌돌 말고 있는 다희를 한 번 바라본 후 가은은 방문 손잡이를 잡았다. 어깨 너머로 방문을 나서는 가은의 뒷모습을 확인한 다희는 다시 돌아누웠다. 그리곤 가은이 붙여주고 나간 가족사진을 다시 살펴보았다. 방 안은 한밤처럼 어두웠지만, 사진은 유난히 선명하게 보이는 것 같았다. 언니 가은이 어떤 마음으로 보미의 죽음을 준비하려는 건지 모르는 것도 아니었다. 할 수만 있다면 이별을 더 미루고 싶은 다희의 얼굴은 눈물로 범벅이었다. 양손으로 휴대전화를 꼭 쥔 채 사진 속 보미의 얼굴이 뚫어져라 응시했다. 그리

곧 휴대전화 메모 앱 상단에 고정해 놓았던 글, 이별 대처법을 터치해 찬찬히 읽어 내려갔다.

  '언니는 회사에 있으니까, 내가 제일 침착하게 움직여야 해. 그러려면 슬퍼도 계속 생각하는 수밖엔 없어. 보미를 마지막까지 잘 해줘야 하니까. 슬퍼도 힘내자.'

  다희는 눈물 때문에 자꾸만 흐릿해지는 시야의 초점을 맞추기 위해 여러 번 깜빡였다. 어둑한 방, 휴대전화 화면에서 밝히는 불빛만이 다희의 얼굴을 옅게 감싸주었다.

보미가 보내는 편지

  안녕, 언니.

  추운 겨울에도 우리 집은 언제나 따뜻했어. 나에게 내어준 거실은, 낮이 되면 도톰한 한 줄기의 빛이 새어 들어왔었지. 눈을 뜰 수 없을 만큼 밝은 빛이 나에게 닿으면 털이 많이 빠져서 볼품없는 내 몸도 금세 따뜻해졌어. 가족들이 잘 챙겨준 덕분이야. 그런데 언제부턴가 우리 가족이 나를 끌어안고 우는 날이 많아졌던 것 같아. 난 말이야, 언니나 가족들이 나에게 미안해하지 않기를 바라. 내가 언제나 언니와 눈을 마주치고, 마음 놓고 잠들 수 있었던 건 언니가 그만큼 좋은 사람이어서 그런 거야. 날 언제나 포근하게 안아줬으니까. 영원히 함께 할 수 없다는 게 슬프지만, 우리가 가족이라서 난 너무 행복했어. 나도 매일 보고 싶을 거야. 꿈에서 꼭 만나자.

보미가 내주는 숙제 : 우리 사진 꺼내 보기

사랑은 언제나 이별이 돼

흐아암. 다희는 잠에서 깨자마자 몸을 주욱 늘려 기지개를 켰다. 잠이 다 깨지 않았지만, 몸을 일으켜 문을 열고 거실로 나왔다. 부엌에서 갓 지은 밥 냄새가 물씬 풍겼다. 달고 고소한 냄새에 잠이 달아났다.

"음~ 밥 냄새 좋다. 보미야, 잘 잤어? 히."

습관처럼 거실에 나온 다희는 연한 노란색의 보글보글한 털이 잔뜩 뒤덮인 방석 위에 웅크리고 있는 보미에게 다가갔다. 보미와 시선을 맞추려고 바닥에 얼굴을 가까이 대고 바짝 엎드렸다. 다희는 보미가 밤새 괜찮았는지 온몸을 샅샅이 살폈다. 동시에 보미의 머리부터 배까지 쓰다듬는 것도 잊지 않았다.

"... 다행이다. 기특해, 우리 보미."

다희의 손에 보미의 온기가 전해졌다. 옆으로 누운 보미의 배를 둥글게 어루만지며 그 온기를 손에 잔뜩 묻혔다. 이제 보미는 꼬리를 살랑이거나 눈을 맞추며 자신의 생기를 전할 수 없었다. 쌔액 쌔액. 코끝 가까이 얼굴을 맞대야만 느껴지는 옅은 호흡. 슬로우 모션처럼 느릿하게 오르고 내리는 배의 모양새로 자신의 생사를 전할 뿐이었다. 코와 입 주변에 길게 자란 두꺼운 흰 털 몇 가닥이 씰룩이는 모습도 다희를 안도하게 했다.

🐶 언니도 잘 잤어? 이 말을 못 건넨 지 참 오래됐다. 그렇지? 언니가 내 등을 쓰다듬어 줄 때, 몸을 일으키지 못하는 게 항상 미안했는데…. 아무것도 안 해도 예뻐해 주고, 다정하게 챙겨줘서 고마워.

다희는 보미와 아침 인사를 나눈 후, 부지런히 움직였다. 드르륵. 3층짜리 카키색 카트를 보미 곁으로 끌어왔다. 카트의 1층에는 물티슈와 비닐봉지 롤백, 2층엔 배변 패드, 3층엔 보미의 이름이 적힌 약 봉투가 가득 채워져 있었다. 다희는 보미를 한 팔로 감싸 안은 후, 보미의 몸을 물티슈로 꼼꼼히 닦았다. 그리고 방석 위에 깔아놓은 노란 배변 패드를 거실 바닥으로 내려놓았다. 간밤에 축축하게 젖은 배변 패드에서 오줌이 새어 나오지 않도록 가지런히 접어 새것으로 갈아주었다. 부스럭부

스럭. 사용한 패드를 비닐봉지에 담아 질끈 돌려 묶은 후, 다시 방석 위에 보미를 사뿐히 내려놓았다.
 "자, 이제 됐다. 다시 보송해졌지, 보미야? 이제 언니도 화장실 가야겠다~"
 보미를 돌본 후, 씻으러 화장실로 향하는 이 루틴은 어느새 다희의 습관이 되었다.

 쏴. 수도꼭지를 열어 얼음과도 같은 차디찬 냉수를 양손에 담아 세수했다. 그렇게 반복하기를 여섯, 일곱 번. 속눈썹에 맺힌 물방울 때문에 앞이 잘 보이지 않았다. 후. 손으로 얼굴을 쓸어내린 다희가 거울을 바라보고 한숨을 쉬었다. 밤새 얼마나 울었는지 퉁퉁 부은 눈꺼풀이 한껏 무겁게 느껴졌다.
 "어휴, 또 엄청나게 부었네. 몰골이 말이 아니구먼."
 고개를 절레절레 흔들며 다희는 수건으로 얼굴을 폭 감쌌다. 습관적으로 세안을 마친 다희가 화장실을 나섰다. 탁. 화장실 조명이 꺼진 후, 문턱에 서 있는 다희의 얼굴은 한층 더 어두워졌다. 다희는 부엌으로 걸음을 옮겨 냉장실 문을 열었다.

"왜? 뭐 필요하니?"

주방 싱크대에서 야채를 손질하던 엄마가 물었다. 평소라면 아침 식사 준비를 돕기 위해 수저통부터 챙겼을 다희가 냉장고 앞을 서성이고 있는 모습이 의아했다.

"그냥 더워서 아이스팩 좀 꺼내려고요. 다른 건 괜찮아요."

부은 눈 때문에 밤새 울었다는 걸 들키고 싶지 않은 다희는 엄마의 질문에 괜히 더 씩씩하게 대답하면서도 엄마와 눈을 마주치지 않기 위해 애썼다. 한 손에 들어오는 자그마한 아이스팩을 하나 집어 든 다희는 제 방으로 빠르게 돌아갔다.

"아, 수건을 안 가져왔네."

엄마의 눈을 피해 아이스팩을 챙겨 부리나케 방으로 들어온 다희는 제 손에 수건이 없다는 걸 뒤늦게 알아챘다. 잠시 고민하다가 책상과 침대, 방 곳곳을 살피며 수건을 대체할 무언가를 찾았다.

"이거다."

노란색 실로 테두리가 마무리된 아이보리색 손수건이

눈에 들어왔다. 두 번 반듯하게 접힌 손수건에는 새하얀 강아지 얼굴과 개나리가 수놓아 있었다. 손수건을 양손으로 집어 든 다희는 잠시 멈추었다. 꼿꼿이 선 채로 고개를 반쯤 숙여 손수건을 가슴까지 들어 올렸다. 다희는 손수건을 쥔 채 양손의 엄지손가락으로 흰 강아지 자수를 어루만졌다.

"그래. 아껴서 뭐 해. 써야 제 몫을 하지."

톡. 연한 아이보리빛 손수건에 짙은 동그라미가 하나 생겼다. 말끔히 닦았다고 생각했던 얼굴, 머리칼에 맺혀 미쳐 닦지 못한 것들이 손수건에 떨어졌다. 다희는 무심코 손가락으로 얼굴에 남은 물방울을 훔쳤다. 왼손 위에 손수건을 조심스레 펼쳤다. 그리고 아까 가져온, 여전히 꽁꽁 얼어붙어 있는 아이스팩을 올려 감쌌다. 침대에 털썩 앉은 다희는 아이보리 색으로 감싼 아이스팩을 눈가에 가져다 댔다. 푹 숙인 고개 사이로 하얀 강아지 자수와 개나리가 보였다.

더 이상 다섯은 없어

"꺄아악!!"

닫힌 방문 너머로 날카로운 비명이 들렸다. 이거 엄마가 지른 비명인가, 무슨 일이지, 당장 가서 도와야 하는데, 어서 움직이라고! 다희의 머릿속에 몰려드는 무수히 많은 생각들. 하지만 다희의 몸은 누군가 접착제로 단단히 붙여놓은 것처럼 도무지 떨어지지 않았다. 무슨 일인지 이미 아는 것처럼.

"아. 안돼…."

방문을 열고 거실로 나가는 데 5초도 채 걸리지 않았겠지만, 다희는 쉽게 문을 열지 못했다. 그사이 문 너머로 엄마의 울음소리가 점점 더 커졌다.

"나가 봐야지… 뭐 하는 거니, 너…."

덜덜 떨리는 손에 힘을 주어 간신히 방문을 열었다. 철컥. 발끝에 고정되어 있던 시선을 서서히 들어 올린 다희의 눈으로 바닥에 주저앉아 울음을 쏟고 있는 엄마의 모습이 보였다. 문 앞을 서성이며 뻣뻣하게 서 있던 다희는 무릎을 구부리는 법을 잊은 사람처럼 삐그덕거리며 거실로 걸어갔다. 흑. 흐으윽. 엄마의 울음소리가 점점 가까워졌다. 분명 아침에 봤던 것처럼 보미는 노란 방석에 얌전히 누워있었지만, 무언가 다르다는 것을 공기에서부터 느낄 수 있었다.

"다희야…. 보미가…. 흡."

엄마는 말을 다 잇지 못하고 손으로 입을 틀어막았다. 다희와 엄마가 잠깐 눈이 마주쳤지만, 이미 차오른 눈물로 시야가 가려져서 서로에게 일그러진 모습이 보였을 뿐이었다. 다희는 보미를 물끄러미 쳐다봤다. 멈출 줄 모르고 부르르 떨리는 손을 뻗어 보미의 몸통에 대보았다. 닿은 손바닥으로 가만히 멈춘 채 아무런 미동도 느껴지지 않자, 다희의 온몸에 소름이 돋았다. 보미가 죽었다. 전원을 차단한 것처럼, 듬성해진 털 아래로 느껴져야 할 온기가 꺼져버렸다.

"방금까지 분명…. 아니 왜…. 왜…."

보미의 몸에 깔려 있던 패드를 교체해 준 지 10분도 채 지나지 않은 것 같은데, 눈 앞에 펼쳐진 상황이 전혀 받아들여지지 않았다.

"엄마, 우리 얼른 병원 가보자. 응? 아니야, 이거 아니잖아… 내가 조금 전에 보미 봤는데, 보미 숨 쉬고 있었어. 내가 분명히 느꼈어. 물론 나랑 눈을 마주친 건 아니지만, 응? 보미 병원에 가면 괜찮을지도 모르잖아. 빨리 병원 가자."

"… 소용없어."

"소용이 있는지 없는지 엄마가 어떻게 알아! 할 수 있는 건 다 해봐야지. 아니야, 병원 가보면 방법이 있을 수도 있잖아? 그렇지? 엄마도 그렇게 생각하지? 그러니까 얼른 일어나봐. 보미 내가 챙길 테니까 엄마는 옷만 걸치고…"

다희는 눈물, 콧물로 범벅이 된 얼굴로 엄마를 일으키려 애썼다. 초점 없이 허공을 응시하던 엄마는 다희가 흔드는 대로 힘없이 흔들렸다. 엄마의 팔을 붙잡아 힘주어 일으키려던 찰나, 엄마가 날카롭게 소리쳤다.

"그만해, 이제!! 소용없다는 거 너도 알잖니!!"

참다못한 엄마가 소리치자 놀란 다희의 두 손에 힘이 빠졌다. 툭. 까맣게 커진 동공과 갈 곳 잃은 두 손은 파르르 떨리고 있었다. 마를 새 없이 주륵 흐르는 눈물이 턱 밑에 고여 거실 바닥으로 떨어졌다. 아침까지 연한 분홍빛을 띠던 보미의 배가 옅은 노랑빛으로 변해 있었다. 숨이 턱 막혔다. 엄마는 보미에게서 몸을 돌려 다희의 양손을 잡고 말했다.

"다희야, 보미 갔어…. 그동안 마음 준비하려고 많이 애썼잖니. 우리 최선을 다했어…. 그건 보미도 알고 너도 알아."

토닥토닥. 엄마는 말을 마치고 다희의 손을 두어 번 토닥였다. 마치 돌덩이가 손 등에 얹어져 있는 것처럼 그 움직임은 느리고 무거웠다.

"흑…. 흐윽. 안돼, 엄마! 보미 없으면 안 돼…."

어린아이처럼 다희는 엄마 품에 고개를 묻고 흐느꼈다. 엄마는 다희를 껴안은 채 등을 토닥였다.

"엄마도 그래…. 어떻게 보미가 죽어. 보미가 왜 죽어…. 천사 같은 우리 보미가 왜…. 그런데 지금 보미에게 인사해 줘야 해. 그래야 보미가 편하게 가지."

'그래야 보미가 편하게 가지.' 엄마의 말에 다희의 눈이 커졌다. 흐르는 눈물을 닦은 후, 보미를 향해 천천히 상체를 숙였다. 얼굴이 바닥에 닿을 만큼 납작하게 엎드려서 눈물로 젖은 손을 뻗어 보미의 뒤통수를 감쌌다.

"보미야…. 잘 가." 절규와도 가까운 다희의 울음이 집 안을 가득 채웠다.

🐶 안녕, 언니. 결국 그날이 오고야 말았어. 언니가 끔찍하게 무서워하던 그날 말이야. 나에게 허락된 시간은 여기까지인가 봐. 우리, 꽤 오랜 시간 함께 했는데, 아쉬운 마음은 어쩔 수가 없네. 마지막으로 언니의 얼굴을 핥아주고 싶었는데, 그럴 힘조차 내 몸에 남아 있지 않았어. 그렇게 난, 여느 때와 같은 모습으로 내 자리에 누워있다가 이별 소식을 전했지. 이런 안녕은 싫은데… 삶이 내 마음대로 되는 게 아니니까….

그것까지 내 몫

 다희는 제 방으로 들어가 휴대전화를 집어 들었다. 울음이 멈추지 않는 탓에 어깨가 쉬지 않고 들썩거렸다. 흐르는 콧물을 옷소매로 아무렇게나 훔쳤다.
"여보세요? 이 시간에 왜 전화야?"
"언니…"
"응, 말해."
"… 언니. 흐윽."
"…"
 다희는 말을 잇지 못했다. 몇 초간 통화 내용은 다희의 흐느낌으로 채워졌다. 다희의 울음을 듣던 가은이 입을 열었다.
"일단 우리 찾아본 대로 하고 있어봐. 아… 오늘 회식이 있네. 하… 당일 연차는 어려워. 회사가 편의를 다 봐줄 순 없으니까. 언니가 장례식장에는 바로 전화해 둘게. 잘할 수 있지?"

"흐읍…. 응. 알겠어. 잘…. 해볼게…."

"같이 있어 주지 못해서 미안해. 그래도 엄마가 있어서 다행이다. 그럼, 이따 집에 가서 보자."

"응, 언니…."

"아, 다희야."

"응."

"보미…. 내 몫까지 잘 챙겨줘. 부탁할게."

"응. 그럴게. 그건 걱정하지 마."

가은과 통화를 마친 다희는 양손으로 휴대전화를 꽉 쥐었다. 휴대전화 배경 화면으로 해둔 보미의 사진이 보였다. 이틀 전에 웃는 모습이 예뻐서 찍어둔 것이었다.

"엊그제까지만 해도 이렇게 웃고 있었는데…."

손가락으로 휴대전화에 띄워진 환히 웃는 보미의 얼굴을 어루만졌다. 톡. 굵은 눈물방울이 액정으로 떨어졌다. 다희는 티셔츠에다가 휴대전화에 묻은 눈물을 문질러 닦았다. 그러고는 메모 앱을 열어 '무지개다리 건넜을 때'라는 제목의 글을 클릭했다. 액정 위로 빼곡히 적은 글을 띄워놓은 채로, 거실로 향했다. 엄마는 여전히 보미의 몸을 쓰다듬고 있었다. 다희가 엄마 어깨에 손을 올려 다독이며 말했다.

"엄마. 언니한테 연락은 했는데, 오늘 좀 늦을 수도 있나 봐. 회식도 있다네."

"그래? 가은이 심란하겠네. 어쩜 좋니…"

"그리고 이건, 내가 언니랑 정리해 놨던 자료야. 막상 오늘이 되면 경황이 없을 것 같아서 미리 알아놨어."

"잘했네. 이제 뭘 해줄 수 있을까…"

엄마 옆에 자기 휴대전화를 내려놓고 다희는 부엌으로 걸음을 옮겼다. 순간 다희의 몸이 휘청였고, 재빨리 팔을 뻗어 벽을 짚어 바로 섰다. 오랫동안 기립성 빈혈이 있어 이따금 어지럼증을 느끼는 다희는 익숙하게 몸을 지탱했다. 머리가 지끈거렸다. 냉수를 벌컥 들이켜고는 유리잔에 물을 가득 담아 엄마에게도 건넸다.

"먼저 물 좀 마셔, 엄마."

"고마워. 목이 마르던 참이었는데…. 그런데 어쩜 보미는 자는 것처럼 얌전할 수 있니…"

"그러게 말이야. 이 와중에도 참 귀엽다 보미는. 그렇지, 엄마?"

"맞아. 우리 보미는 여전히 예뻐."

꽃

 강아지가 무지개다리를 건너면 입과 코 등 모든 곳에서 피나 분비물이 흐를 수 있어요. 평소보다 더 넉넉하게 패드를 깔아주세요.

 다희는 메모장에 기록해 둔 안내 사항을 눈으로 읽으며 부지런히 움직였다. 설명에 나온 것처럼, 노란 방석 위에 평소보다 세 장 더 많은 패드를 깔았다. 노란 방석 위에 패드로 빼곡히 채우고 보니, 보미가 새하얀 구름 위에 누워있는 것 같았다. 그리고 새하얗고 작은 몸 위로 건조하고 윤기를 잃은 코만 보였다. 다희는 다시 방으로 향했다. 침대 위에 아무렇게나 놓인 손수건을 집었다. 아직 냉기가 남아서 손수건에 들러붙은 아이스팩을 떼려고 하자, 직! 찢기는 소리가 났다. 손수건의 한쪽 면 조직이 하얗게 일어나 보글거렸다. 분리한 아이스팩과 손수건을 챙겨 나와서, 누워있는 보미의 배에 아이스팩을 올려두고 손수건을 활짝 펴 덮어주었다. 보미의 뒷다리를 덮은 손수건 모서리에 수 놓인 개나리 자수가 눈에 띄었다.

"이렇게 하면 보미가 춥지 않을까?"

엄마가 공허한 눈으로 다희에게 물었다.

"아이스팩을 장기 쪽에 대줘야 부패 속도가 느려진대. 지금 바로 장례식장에 갈 수 있는 게 아니니까, 이렇게라도 조치를 해줘야 해."

"응. 그렇구나."

"엄마, 보미한테 마지막까지 남아 있는 게 청력이래. 혹시 보미가 들을 수도 있으니까, 보미한테 하고 싶은 말 하는 건 어때?"

"그래, 그러자. 이럴 줄 알았으면 매일 매일 편지를 써서 읽어줄 걸 그랬나 봐. 사랑한다고 더 많이 말하고, 그래야 하는데…."

"아까 엄마가 나한테 말했었잖아. 우리 충분히 해줬다고…. 보미도 알 거라고. 지금이라도 하고 싶은 이야기 마음껏 하자."

"그래. 그래야지…."

가만히 눈을 감은 보미는 인형처럼 보였다. 엄마와 다희는 다시 붉어진 얼굴로 보미를 바라보며 말했다.

"우리 사랑스러운 막내, 보미야. 사랑해. 잘 가."

"정말 정말 사랑해. 네 덕에 매일 행복했어."

후우. 다희와 전화를 마친 가은은 긴 한숨을 내쉬었다. 계단이 빼곡한 비상구로 가서, 자그마한 창문 앞에 섰다. 휴대전화 연락처에서 번호 하나를 찾아 눌렀다. 손끝을 파르르 떨며 휴대전화 너머의 통화연결음에 귀를 기울였다.

 "아, 네. 안녕하세요. 해피스마일 펫로스장례식장 맞죠? 네. 어, 그게…. 우리 집 강아지 이름이 보미예요. 드리고 싶은 말씀요. 보미가…. 보미가. 그러니까, 보미가요…."

 가은은 정작 물어볼 이야기는 꺼내지 못하고, 보미의 이름만 반복해서 말했다. 휴대전화 너머로 상담원의 목소리가 흐릿하게 들렸다.

 - 보호자님, 혹시 장례 서비스가 필요하신 걸까요?
 "…네. 맞아요. 그 말이 도무지 안 나오네요. 부탁드려요."

 - 화장하시겠습니까?
 "…네. 가장 빠른 시간이 언제죠? 오늘 저녁 7시요? 네. 그때로 예약 부탁드려요. 아이 이름은 보미입니다. 아, 이미 말씀드렸죠…. 정신이 없네요. 네, 감사합니다."

 전화를 마친 가은은 주머니에 휴대전화를 찔러 넣고 만지작거렸다. 눈앞이 뿌옇게 흐릿해지자, 고개를 하늘로 쳐들었다. 다시 스며들 수 없을 만큼 차오른 눈물은 결국 가은의 얼굴을 타고 흘러 귓불에 닿았다. 가은이 손바닥으로 급히 눈물을 닦았다.

"아니야. 지금 울면 안돼. 퇴근하고. 그때 울자. 지금은 일만 생각하자."

가은은 양손으로 볼을 감싸며 중얼거렸다. 이마부터 정수리까지 단번에 머리칼을 쓸어 넘긴 후 아랫입술을 질끈 깨물며 비상구를 빠져나갔다.

시곗바늘이 정오를 지나 1시를 넘어가고 있었다. 가은은 자리에 가만히 앉아 있지 못하고 수없이 복도에 왔다 갔다 했다.

"가은 씨, 자리에 좀 앉는 게 어때요?"
"아, 죄송합니다. 팀장님."

뒤죽박죽 한 머릿속에 팀장의 한마디가 날아와 정신이 번쩍 들었다. 요란스레 의자 바퀴를 굴리며 겨우 의자에 궁둥이를 붙인 가은이었다. 몇 분 지나지 않았는데, 이

번엔 가은이 연신 펜을 떨어뜨렸다.

"무슨 일 있어, 가은 씨? 평소와 다르게 굉장히 부산스럽네. 원래 안 그러잖아."

"죄송합니다, 팀장님. 주의하겠습니다. 죄송합니다."

결국 팀장은 자리에서 일어났다. 그리곤 따라 나오라며 손짓으로 가은에게 신호를 주었다. 탕비실에서 마주 선 두 사람. 팀장은 팔짱을 낀 채 가은을 바라보며 물었다.

"무슨 일인데? 그런 정신으로 일하면 괜히 실수만 나. 뭔데? 말해."

"죄송합니다, 팀장님…"

"이유를 말하라니까. 왜 그래, 가은 씨?"

"저…. 그게…."

"뭔데 이렇게 뜸을 들여? 집에 누구 크게 아프셔? 아니면 상이라도 났어?"

"…네."

"누가."

"오래 키우던 강아지가 좀 전에…. 갔습니다."

"아, 강아지."

팀장은 벽에 등을 기대며 손가락으로 팔을 톡톡 두드렸다.

"가은 씨도 알다시피 상은 직계 가족까지만 휴가 처리가 가능해요. 물론 요즘 반려동물이 자식보다 많고 귀중한 시대라고 하지만, 이렇게까지 업무에 지장이 있으면 곤란하지. 그런 상황까지 회사에서 이해해 줘야 한다고 생각해요? 곤란하네, 정말."

차분한 말투지만 이성적으로 폭격하는 팀장의 말에 가은은 아무 말도 할 수 없었다. 울컥. 눈물이 났지만, 티 내지 않기 위해 울음을 삼키고 있었다.

"상사로서 회사 생활에 관해 이야기하는 건데 울어 버리면 난 더 곤란하고."

팀장은 각 티슈를 통째로 집어 가은의 손에 쥐어주며 말했다.

"일단 진정될 때까지 여기 좀 있어요. 그리고 근무 시간이 끝나는 6시까지는 버텨. 칼퇴하게 도와줄 테니까, 오늘 저녁 회식은 신경 쓰지 말고."

"아…. 회식 참여 안 해도 괜찮나요?"

"가은 씨가 안 괜찮아 보이니까 집에 가라는 거지. 회식 가서도 죽을상하고 앉아 있을 거잖아. 안 그래요?"

"그건 그렇죠…."

"죽는다는 건 그 대상이 누구든 간에 힘든 일이에요. 그건 나도 인정해. 그래도 감내해야 할 역할도 있다고 봐요, 난. 가은 씨 어린애 아니잖아. 자기 몫을 끝까지 감당해 내야 나중에 떳떳할 수 있어. 주변 사람뿐만 아니라 가은 씨 자신한테도 말이야. 여긴 사람들 못 들어오게 해줄 테니까, 좀 진정되면 나와요."

탕비실 문을 열고 팀장은 걸음을 옮겼다. 그리곤 탕비실 앞에 '청소 중' 팻말을 세워두었다.

오후 6시. 약속한 시각이 되자마자 가은은 부리나케 회사를 뛰쳐나왔다. 차도로 몸이 쏟아질 듯 손을 뻗어 택시를 잡아 올라탔다.

"아가씨, 아무리 급해도 그렇지! 그렇게 차도로 나오면 큰일 나요. 사고나, 사고!"

"아, 네. 죄송해요, 기사님. 제가 아주 급해서요. 빨리 가 주세요."

택시 기사는 백미러로 걱정 어린 눈빛을 보내고는 능숙하게 내비게이션을 보고 출발했다. 철컥. 뒷좌석 안전벨트를 채우자 손에 쥐고 있던 휴대전화로 진동이 느껴졌다. 팀장의 문자였다.

✉ 가은 씨. 이별이란 게 원래 죽을 만큼 힘들어. 그게 사람이든 동물이든. 잘 보내주고, 내일 꼭 출근해요.

'내일 꼭 출근해요'라는 마지막 문구에 가은은 한동안 눈을 떼지 못했다.

❀

 띡띡띡띡 띠리링. 철컥. 하늘이 주홍빛으로 물들어 갈 무렵, 가은이 현관문을 열고 집에 들어섰다. 거실 바닥에 팔을 베고 모로 누워 있는 엄마와 다희 사이엔 숨이 멎은 보미가 곧게 누워있었다. 그 주변으로 휴지 뭉치가 쌓여있는 걸 보며, 가은은 '하루 종일 울었구나' 생각했다. 가은은 현관에 가방을 아무렇게나 내려놓고 셋이 누워있는 거실로 조심히 걸어갔다. 가은은 손을 뻗어 엄마와 다희의 어깨를 어루만졌다.
 "... 나 왔어요."
 갑자기 닿은 손길에 놀란 엄마가 벌떡 일어나며 얼굴을 절반이나 뒤덮은 머리카락을 손으로 쓸어 넘겼다. 그리고 가은의 손을 잡으며 말했다.
 "어머, 우리 바닥에서 잠들었나 봐. 어서 와. 일하느라 고생 많았어."
 "언니, 어떻게 일찍 왔어? 더 늦게 오는 거 아니었어?"

"맞는데, 감사하게도 양해해 주셔서 지금 왔어."

다희와 엄마의 손을 마주 잡은 채 가은은 입꼬리에 힘을 주어 미소 같지 않은 미소를 지어 보였다. 곧이어 시선을 옮겨 보미를 바라보았다. 하루 종일 엄마와 다희가 얼마나 쓰다듬었는지 한눈에 알 수 있을 만큼 보미의 온몸에 윤기가 흘렀다. 가은은 가까스로 입을 열어 말했다.

"보미야. 언니 왔어. 언니 오늘… 진짜 힘들게 일하고 왔는데 언니랑 눈 한 번만 마주치면 안 될까? 응? 보미야. 언니가 말하는데 왜 등 돌리고 가만히 있어… 보미야, 다른 거 안 바랄게. 제발 한 번만 언니 봐줘… 언니 말이라도 들어줘. 한 번만…"

가만히 누워있는 보미의 몸을 감싸며 가은은 흐느꼈다. 다희와 엄마는 바닥에 앉아 가은과 보미의 모습을 바라볼 뿐, 아무 말도 할 수 없었다.

"보미야…. 뭐가 급하다고 그렇게 일찍 갔어! 흐윽. 마지막으로 인사라도 하게 해주지. 왜 아침 일찍 갔어…. 왜…. 흐윽…."

언니, 미안해. 나 사실 매일 인사하고 있었는데 몰랐지? 손 핥고, 볼 핥는 거. 그게 인사였어. 내 몸에 힘이 다 빠져버려서 마중도 못 나가고, 얼굴 보면서 웃지도 못했지만 말이야. 마지막 인사는 아무리 전해도 충분하지 않나 봐.

 가은은 종일 참아왔던 슬픔을 토해냈다. 슬픔을 느꼈을 때 흘러내려야 할 것들이 모여 응축돼 버린 눈물은, 목 안을 가득 채웠다. 가은은 가슴을 치며 울음을 쏟아내려 애썼지만, 이미 꽉 막혀버린 숨은 정상적으로 돌아오기까지 시간이 필요했다. 보미의 배에 놓여있던 아이스팩은 냉기를 잃고 흐물거렸다. 아이스팩 표면에는 물방울이 송골송골 맺혀 있었다.
 띠리링. 가은의 휴대전화가 울렸다. 해피스마일 펫로스장례식장. 발신자 정보를 확인한 다희는 정신없이 눈물을 쏟아내고 탈진한 가은을 대신해 전화를 받았다.
 "여보세요? 아, 네 안녕하세요. 지금 언니가 전화 받기 어려운 상황이라, 제가 대신 받았습니다. 네. 아, 보미요. 오늘 7시 예약… 네. 죄송하지만 잠시 기다려주시겠어요?"
 다희는 소리가 들어가지 않도록 휴대전화의 아랫부분을 감싼 채 가은와 엄마를 번갈아 보며 말했다.
 "장례식장에서 전화 왔어. 7시에 보미 장례식 예약 때문에. 괜찮겠어?"

"…내가 아까 낮에 해놨어…. 보미, 화장하고 오자. 미루면 더 힘들어질 거야."

다희는 고개를 끄덕였다. "네. 오늘 진행하겠습니다. 보미 장례."

보미가 보내는 편지

 안녕, 언니. 나야, 보미.

 내가 떠난 후에 많이 슬퍼할 거라고 생각했지만, 지켜보다가 너무 마음이 아파서 이렇게 편지를 보내. 있잖아, 나는 우리 가족이랑 함께 지내서 너무 행복했어. 마지막인데 내가 제대로 인사도 못했네. 함께 지내면서 우리 가족에게 얼마나 고마웠는지 몰라. 고마웠어, 정말로.

 나를 선택해 줘서 고마워. 실수해도 다 해결해줘서 고마워. 반갑게 마중 나가지 못해도, 종일 잠만 자고 있어도, 물 한 모금 마시기 어려울 만큼 약해진 내 모습도 사랑해줘서 고마워. 나는 사실 사람의 말을 잘 몰라. 그런데 우리 가족 덕분에 사랑을 먹고 느끼고 보고 들었어. 나를 사랑해줘서 정말 고마워. 나한테 많은 걸 못 해줬다고 미안해하지 않았으면 좋겠어. 왜냐하면 난 매일 매일 행복했거든. 내일도 꼭 보고 싶었는데 먼저 떠나서 미안해. 난 세상에서 가장 행복한 강아지였어. 정말 고마워. 나도 평생 사랑해. 보미가.

보미가 내주는 숙제 : 가족에게 사랑한다고 말하기

7장.
다시.돌아갈 수 있을까

아무리 준비해도 소용없는 것

빰빰빰 빠밤 빠라밤 빰.

알람 소리가 요란하게 오전 8시를 알렸다. 아무리 고된 하루를 보냈더라도 지각한 적 없던 가은이 아직 침대 속에 웅크리고 있었다. 침대 주변에 하얀 뭉치가 잔뜩 널브러져 있었다. 지난밤, 보미 장례를 마치고 밤새 눈물을 닦은 휴지들이었다. 베갯잇도 눈물로 흥건히 젖어버린 탓에 베고 잘 부분이 없어, 멀찌감치 밀어둔 바람에 매트리스에 바로 누워 있었다. 이불 속에서 대충 손만 뻗어 알람을 끄고, 시간을 확인했다. 으으, 머리가 깨질 것 같다… 너무 많이 울어서 머리가 찢어지는 듯한 두통이 따랐다.

"가은아, 일어났니?"

모든 출근 준비를 마치고 아침을 먹어야 할 시간이었지만, 가은이 모습을 보이지 않자, 엄마가 방에 찾아왔다. 조심스레 침대 귀퉁이에 앉아 이불 속에 잠겨있는 가은의 머리를 찾아 쓰다듬었다.

"나가요."

머리칼을 대충 돌려 집게 핀으로 고정하고 마스크로 얼굴을 가렸다. 어깨에 가방을 걸치고 집을 나서려는 가은의 팔을 잡는 엄마의 목소리가 들렸다.

"배고플 텐데… 어제저녁에도 아무것도 안 먹었잖니. 대충이라도 먹고 출근하자, 응?"

"아니야. 안 먹을래."

"그럼, 물이라도 좀 마시고 가."

"괜찮다니까."

"그럼, 가은아. 엄마가 사과 깎아놨어. 이거라도 가져가서…"

"안 먹는다니까. 도대체 몇 번을 말해야 해. 싫다고!"

현관으로 향하는 가은에게 무엇이든 주고 싶어 손을 뻗는 엄마에게 신경질을 냈다. 쾅! 가은은 신발을 아무렇게나 구겨 신은 후 현관문을 부서질 듯 닫고 집을 나섰다.

🐶 아무것도 안 먹으면 어떡해. 언니… 배고플 텐데. 내가 뺏어 먹으려고 하면, 언니가 재빨리 먹었었

는데. 이제는 내가 장난도 칠 수 없단 말이야…

"아, 왜 그러냐. 진짜."

가은은 자기를 걱정하는 마음에 뭐라도 챙겨주고 싶은 걸 알면서도 쌀쌀맞았던 제 모습이 맘에 들지 않았다. 엘리베이터 버튼을 누르고 기다리며 흐릿하게 비추는 자신의 실루엣을 바라보았다. 이내 양손으로 얼굴을 감쌌다. 아파트 단지에서 나이 지긋한 어르신과 산책하는 강아지를 보며 눈물이 맺혔다. 버스를 기다리며 도착 정보를 바라보다 눈물이 흘렀다. 빈 좌석에 앉아 창밖을 바라보다 눈물이 넘쳤다. '보미 생각을 하지 말자'고 되뇌며 이어폰을 꽂은 채, 귀에 들어오지 않는 멜로디와 가사를 큰 볼륨으로 귀에 때려 박았다. TOP100 리스트에 선정된 곡들은 죄다 이별 노래였다. 아니야, 이것도 슬픈 거잖아. 결국 가은은 가사가 없는 클래식을 고르고, 머리가 웅웅 울릴 만큼 볼륨을 높였다.

"그래도 출근은 해야지. 일하면서는 제발 울지마라, 가은아. 제발."

회사 건물 앞에 도착해 뺨을 두드리며 정신을 다잡기 위해 애썼다.

"안녕하세요."

"어머, 가은 씨. 어제 퇴근하고 회식 왜 안 왔어?"

"아… 사정이 있어서요."

"아쉽다~ 우리 어제 한우 먹었잖아. 그런 날 빠지면 가은 씨만 손해인 거지 뭐! 어제 너무 달렸나 봐. 머리가 너무 아파."

"네, 그러시구나."

"아니, 나 머리 아프다는데 반응이 왜 이렇게 시큰둥해? 정 없다, 가은 씨."

"제가 심란한 일이 있어서요. 저도 머리가 좀 아파요."

"자기도 두통 있구나! 뭐 어쨌든 회식 자리는 같이 가야 가은 씨한테도 좋아요. 그럴 때 윗분들이랑 친해지고 귀염받고 그러는 건데. 가은 씨는 너무 일만 하잖아. 그럼, 오늘도 수고해~^^"

"네, 수고하세요."

입사 동기에 동갑이지만 제 할 말만 하고 끝나는 일방적인 사람이라 적당한 거리를 두고 있었는데, 그와 더 멀어져야겠다고 다짐하는 가은이었다. 언젠가 그도 반려동물을 키운다는 이야기를 들은 적이 있는데, 보미 이야기를 꺼내봤자 위로는커녕 시답잖은 본인 이야기만 늘어놓을 게 뻔했다. 가은은 입 닫는 편을 택했다.

드르륵. 의자를 당겨 앉으며 가방을 내려놓았다. 그러고는 다른 직원들에게 인사를 건넸다. 이어서 팀장의 자리를 쳐다봤지만, 그는 부재중이었다.

"아직 팀장님은 출근 안 하셨나 봐요?"

"팀장님? 오늘 오전에 미팅이 있으셔서 오후쯤에나 들어오실걸요. 왜요?"

"아, 아닙니다. 감사합니다."

'아, 답장 드려야 하는데.' 지난 저녁, 퇴근 때 받은 팀장의 메시지에 답장하지 않았다는 사실이 떠올라 급히 휴대전화를 켰다.

📅 가은님이 마음 담긴 선물과 편지를 보냈어요!
- 팀장님. 어젯밤 연락 감사합니다. 경황이 없어 이제야 답장하네요. 오늘 출근 완료했습니다. 어제 양해해 주신 것에 대한 보답으로 작은 선물 드립니다. 감사해요, 팀장님.

치이이익. 검은 매연을 뿜어내는 버스가 지나가고 가

은이 정류장에 홀로 앉아 있었다. 가만히 앉아 있기를 십여 분. 주머니에 손을 찔러넣은 채 다리를 뻗어 신발코를 맞대고 있었다. 가은이 외출할 때면 한쪽 주머니에 항상 손수건을 챙기곤 했다. 시도 때도 없이 흐르는 눈물을 닦기도 하고, 보미의 마지막을 덮었던 수의이기도 해서 가은에게는 유독 더 각별했다. 보드라운 손수건을 주물럭거리다 무언가 생각이 난 듯 발을 탁! 바닥에 딛고 자리에서 일어섰다.

"그래, 가봐야겠다."

가은이 도착한 곳은 할머니 댁이었다. 도어락을 누르기 전, 크게 심호흡하고 단숨에 번호를 눌러 문을 열었다.

"으잉? 누구여?"

티브이 불빛을 조명 삼아 이제 막 저녁 한술을 뜨려던 할머니가 물었다. 평소에도 자주 드나들지만, 연락 없이 갑작스럽게 찾아온 적은 처음이라, 할머니는 적잖이 놀란 눈치였다.

"저 왔어요…"

주의 깊게 듣지 않으면 알아들을 수 없을 만큼 작은 목소리로 가은이 말했다.

"아이고, 우리 강아지 왔어? 회사 갔다 왔냐? 밥은? 밥 먹어야지. 어여 손 씻고 와."

 어떤 이유로 왔든 할머니는 가은의 방문에 반가움을 감추지 못했다. 수저통에서 가은 몫의 수저를 꺼내는 소리가 경쾌했다. 밥솥을 열자 뽀얀 김이 모락모락 피어났다. "우리 강아지 밥 먹어야지, 암."하며 주걱을 찔러 넣는 순간 가은이 할머니를 와락 안았다.

"할머니…"

 울음에 젖은 목소리로 가은은 할머니를 불렀다. 그 소리를 듣고 할머니의 손이 멈췄다. 천천히 뒤를 돌아 손녀의 뺨을 어루만졌다. 눈물이 흐르고 마르기를 반복해 눅눅해진 가은의 얼굴에 할머니의 온기가 닿았다.

"뽀미가 가서 속상하지?"

"…"

 가은은 대답 없이 눈물만 뚝뚝 흘렸다.

"하이고. 늙은 할미는 아직 살아있는데 애먼 뽀미가 먼저 갔다."

"할머니는 더 오래오래 사셔야죠!" 가은이 할머니를 노려보며 빽! 하고 소리치며 말했다.

"그럼. 우리 강아지 결혼하고 증손주까지 봐야지, 암. 그럼. 그럼."

가은은 허리 숙여 할머니 가슴팍에 얼굴을 파묻었다. 바로 허리가 뻐근해져서 다시 고개를 들까 생각했지만, 그냥 있기로 했다. 할머니는 손바닥으로 가은의 등을 쓸어내리며 말을 이었다.

"아가, 네 맘 안다. 할미가 알아."

할머니의 말에 가은은 목 놓아 울었다. 여전히 열린 밥솥 뚜껑에, 통통하고 윤기 있던 밥알이 딱딱해지고 차갑게 식을 때까지 가은은 눈물을 흘렸다.

※

퇴근한 가족들이 오랜만에 모두 식탁에 둘러앉았다. 보미가 아픈 동안에는 돌발상황에 빠르게 대처하기 위해, 식탁에서 편하게 밥을 먹은 적이 없었다. 거실 바닥에 접이식 낮은 상에서 먹었다. 하지만 이제 그런 노력을 하지 않아도 됐다. 바닥에 오래 앉아 있어서 느껴지던 엉덩이와 복숭아뼈가 저린 느낌이 없어 편안한 식사 자리였지만, 가족 중 누구도 마음이 편치 않았다.

🐶 우리 가족들 이제 다시 편하게 밥 먹을 수 있네.

다행이다, 헤헤. 이제 엄마 허리도 안 아프겠어! 그런데 다들 얼굴이 왜 그래?

후룩. 국을 한 입 떠먹은 후, 아빠가 말문을 열었다.
"이번 주 토요일에 뭐 하니?"
"토요일요? 왜?"
"간만에 가족끼리 드라이브나 갈까 해서. 당일치기로~ 어때?"
아빠는 두 딸의 반응을 번갈아 살피며, 애써 웃어 보였다.
"난 토요일에는 약속 없어, 아빠."
다희가 휴대전화로 달력을 확인하며 대답했다. 가은이 반찬을 집으려던 젓가락을 내려놓았다. 그러고는 차갑게 말했다.
"난 여행 갈 기분 아닌데."
주변의 공기가 한 순간에 차갑게 식은 듯했다.
"그래도 바람 쐬면 좀 기분이 나아질 수도 있잖니? 그러지 말고…."
"아빠, 방금 가족여행이라고 했죠?"
"응? 그렇지. 우리 넷이 오랜만에 가는 가족 여행~"
"우리 가족은 넷이 아니잖아요. 우리 가족은 다섯이에

요, 원래."

"그렇지… 가은아, 아빠는 말이다…"

"난 아직 가족여행 같은 거 갈 기분이 못 된다니까요. 가려면 셋이 가세요. 난 집에 있을 거니까. 오늘 별로 배가 안 고프네, 엄마. 먼저 일어날게요."

가은은 아빠가 뭐라 설명하기도 전에 날카로운 말투로 딱 잘라 말했다. 자기가 먹던 식기를 싱크대에 정리한 후 그대로 방으로 들어가 버렸다. 그런 가은을 보며 아빠의 눈가 주름은 더 깊어졌고, 다른 가족들은 한동안 수저를 들지 못했다.

'무슨, 이 와중에 여행을 가. 말이 돼? 보미 죽었다고 이때다 싶어서 놀러 가자는 건가? 아빠는 감정이 없는 거야? 돌아버리겠네!' 슬픔이 분노로 변해버린 가은은 애꿎은 가방을 내던졌다. 힘없이 바닥에 쏟아진 물건들 사이로 뒤집어진 휴대전화가 눈에 들어왔다. 아직 새것처럼 잘 붙어있는 가족사진을 보며 가은은 눈물이 차올랐다.

"흐윽…. 보미야…"

가은은 품에 사진을 감싸안으며 흐느꼈다. 지잉. 가은은 휴대전화 알람이 울리자, 찡그린 눈으로 확인했다.

    🗐 ○○ 택배 입니다. 고객님의 물품을 문 앞에 배송 완료했습니다.

'뭐 시켰었더라?'라는 생각이 끝나기 전에 배송이 완료됐다는 문자가 도착했다. 가은은 방금 가족들에게 차갑게 말을 쏟아버리고 방에 들어온 바람에 택배찾으러 가는 걸 잠시 고민했다. 가족들이 여전히 식사 중인 거실을 지나쳐 현관까지 나가기 무안할 테니까. 하지만 택배를 가지러 나가기로 했다. 아직 식사를 마치지 않은 가족들이 가은을 바라보았지만, 눈길을 주지 않고 앞만 바라보며 걸었다. 현관문을 열어 확인한 택배 상자에는 강아지 그림이 인쇄된 박스테이프가 둘러져 있었다.
"아…. 이거구나."
 문고리를 잡고 잠시 택배 상자를 바라보던 가은은 박스를 번쩍 들어 집 안으로 들어왔다.
"가은아, 뭐 왔어?"
"응. 근데 이제 쓸모없는 거야. 반품하려고."
"그게 무슨 말이야?"
 젓가락을 손에 쥔 채 자신을 바라보는 엄마의 눈을 똑바로 보며 말했다.
"보미 간식이라고."

엄마는 조용히 젓가락을 내려놓았고, 아무 말도 하지 못했다.

다시 시작할 용기가 없어도

 만개한 벚꽃이 어느덧 꽃비처럼 땅으로 흩어졌다. 길 위를 덮은 연분홍빛의 꽃잎이 바람을 타고 쉴 새 없이 소용돌이를 만들었다. 봄을 생각하면 분홍이나 노랑, 연한 초록을 떠올리기 마련이지만, 머리끝부터 발끝까지 온통 새까만 사람이 봄길을 걷고 있었다. 가은이었다.

 헤헤, 언니다! 그런데 왜 우리 언니, 검은색 옷만 입었지? 언니는 원래 밝은 색깔 좋아하는데!

"가은아, 진짜 오랜만이다. 나 저기 멀리서부터 너밖에 안 보이더라. 혼자 새카매."
"야, 집 밖에 나올 기분 아니라니까. 네가 억지로 불러낸 거 아냐. 그리고 나 검정도 좋아하거든."
"웃기네. 너 검정 옷 이것밖에 없잖아. 늘 밝게만 입고 다니던 인간이 뭔 소리야."
"됐어. 어디 갈 건데?"
"일단, 카페 가자."
 친구의 말에 정곡이 찔린 가은은 재빨리 대화 주제를 돌렸다. 만나자고 그렇게 얘길 했는데 이제서야 만나준다며 투정 부리던 친구는 바로 가은의 팔짱을 꼈다. 자신 있는 걸음으로 가은을 이끌듯 데리고 길 찾기 앱에서 보여주는 지도를 길잡이 삼아 찾아갔다. 얼마나 더 가야 하냐고 짜증을 내려던 찰나, 친구가 한 곳을 가리키며 말했다.
"다 왔어! 여기야!"
 친구의 손끝을 따라 가은의 시선이 닿은 곳엔 강아지 일러스트가 가득했다. 순간, 가은은 걸음을 멈추고 짜증 섞인 한숨을 내쉬었다. '강아지 그림만 봐도 심란하네, 피곤하다. 괜히 나왔나? 그냥 혼자 집에 있을걸.' 여러 생각이 꼬리에 꼬리를 물던 그때. "여기 휘낭시에가 장난 아니래. 가자. 오늘은 내가 쏜다!" 친구가 손에 힘을 주어 가은을 카페로 이끌었다.

 보미를 떠나보낸 후, 첫 외출이었다. 매일 숨 쉬듯 드나드는 회사를 제외하고, 개인적으로 어딜 다닌 적이 없었다. 늘 예쁘게 준비된 모습으로 다니던 가은이었는데, 아무리 옅게 화장해도 하루 종일 차오르는 눈물에 지워지니까 출근할 때조차 맨얼굴에 마스크만 쓰고 다녔다. 코로나가 준 유익이라고 고마워해야 할까. 가은이 매일 마스크로 얼굴을 가리고 나타나도 뭐라 하거나, 의아해하는 사람이 아무도 없었다.

 밤낮 없이 전화를 걸어대고 수십 개의 카톡을 남기는 친구의 성화에 못 이겨 나오긴 했지만, 가은은 금세 후회했다. "보미가 이제 없어."라는 가은의 한마디에 더 이상 친구는 아무것도 묻지 않았다. 그리고 매일 연락을 남겼다. '밥 먹었어?' '잠은 잤어?' '오늘은 뭐해?' '할 거 없으면 나와, 히키코모리처럼 살게 내버려두지 않을 테다' 등 친구는 가은이 슬픔에 잠겨있지 않도록, 안부와 집착의 경계를 아슬아슬하게 줄 타면서도 관심을 놓지 않았다. 아무리 됐다고 해도 도무지 포기를 모르는 친구 때문에 결국 이렇게 나온 것이다. 가은은 요즘 인기가 많다는 카페의 제일 구석진 자리에 앉았다. 가은은 검은색 빨대로 아이스 아메리카노를 주욱 들이켜며 '아, 위커라도 신고 올 걸 그랬나, 너무 후즐근한데.'라고 생각했다.

"헐. 뭐야. 쟤 뭔데? 미쳤나 봐."

맞은편에 앉아 블루베리 스무디를 홀짝이던 친구가 자리에서 벌떡 일어났다. 휴대전화의 카메라 앱을 열어 연신 셔터를 눌러대기까지 했다. 그 시선 끝에는 한 마리 강아지가 있었다.

"뭐야… 여기 강아지가 왜 있어? 강아지 카페야, 여기?"

"아니. 그냥 카페야. 강아지가 있는 줄은 몰랐네? 사장님이 키우는 건가? 너, 너무 예쁘다. 털에 윤기 좀 봐. 어머 어머. 얌전히 있는 거 봐. 너무 예뻐."

가은의 질문에 뒤도 돌아보지 않고 카메라와 강아지에만 시선을 두는 친구였다. 가은은 고개를 푹 숙이며 깊은 한숨을 내쉬고는, 차가운 목소리로 말했다.

"강아지 있는 줄 알았으면 안 왔지. 요즘 내가 왜 이 꼴로 지내는지 알잖아."

가은의 말에서 한 음절, 한 음절에 날이 서 있다는 게 느껴졌다. 그러자 친구는 어전히 쪼그려 앉은 채로 가은을 보는데 꼭 '장화 신은 고양이'처럼 간절한 표정이었다.

"아니…. 나는 너 기운 좀 났으면 해서 카페에 오자고 한 거지… 강아지가 있는 줄은 진짜 몰랐어."

"그래. 네 탓은 아니지. 나 생각해 주는 마음은 고마운데, 오늘은 먼저 갈게."

자리에서 단숨에 일어나 성큼성큼 걸어가려던 가은의 발에 묵직한 무언가가 느껴졌다. 푹신하고 따뜻했다. 정면만 보던 시선을 천천히 아래로 떨구자, 그것과 눈이 마주쳤다. 관자놀이까지 벌어진 입 사이로 연분홍색 혀를 내밀며 헥헥 거렸다. 덩치에 비해 작아 보이는 강낭콩만 한 눈이 반짝였다. 한눈에 봐도 관리가 잘 된 기다란 털은 바닥까지 닿아있었다. 가은 앞에 멈춰서 꼼짝하지 않는 그것은 그동안 피하려고 애쓰던 강아지였다.

"아…."

외면하고 싶었던 강아지의 사랑스러운 모습에 가은의 걸음도, 생각도 멈췄다. 시선은 여전히 강아지에게 고정한 채 입을 반쯤 벌린 모습은 얼빠진 사람 그 자체였다. 가은의 발치에 앉아 있던 강아지는 천천히 가은의 옆으로 바짝 다가왔다. 핥짝. 방심한 채 서 있던 가은의 손가락을 핥았다. 툭. 막을 틈도 없이 차오른 눈물이 가은의 후드 집업 위로 떨어졌다. 가만히 있어도 몰려드는 보미에 대한 그리움이 처음 보는 강아지 앞에서 저항 없이 터져버렸다.

 그리고 어느새 자신도 모르게 강아지의 머리를 쓰다듬는 가은이었다. 보드라운 털 아래로 느껴지는 살아있는 생명의 온기를 느껴보는 게 얼마 만인지, 가은은 사무치게 그립던 말랑한 따스함이 손에 닿자 주저앉아버렸다. 마음이 더욱 먹먹해졌다. 그 모습을 바라보던 친구가 카운터에서 휴지를 한 움큼 챙겨왔지만, 차마 건네주지 못하고 안절부절하고 있었다.

 🐶 너 보는 눈이 있구나? 우리 언니가 따뜻한 사람이란 걸 어떻게 알고 그렇게 애교부리는 거야? 똑똑한 친구네.

"얘, 내가 지금 널 예뻐해 줄 마음이 못돼…"
 가은의 말을 알아들은 건지 못 알아들은 건지, 강아지는 꼬리를 살랑살랑 흔들었다. 풍성한 털이 움직임을 따라 흔들렸다.

 🐶 너 언니가 힘들어하는 거 알고 다가와 준 거구나. 좋은 녀석이군. 언니, 혹시라도 내가 질투할까 봐 걱정하지 않아도 돼. 잠깐 누군가를 만져서 언니가

행복해진다면 난 언제든 찬성이야. 어차피 언니 사랑을 가장 많이 받은 강아지는 바로 나니까.

 가은은 강아지와 눈을 맞추었다. 물끄러미 바라보다가 머리를 쓰다듬기만 하던 손을 뻗어 강아지의 목을 와락 감싸안았다. 강아지는 가만히 가은의 품에 안긴 채 있었다. 가은은 참지 못하고 흐느끼고 말았다. 친구는 조심스레 가은의 어깨를 감쌌다.
"가은아…. 괜찮아?"
"아니야, 잠깐만. 잠깐만 안고 있을게."
 친구는 고개를 끄덕이며 가은의 손에 휴지를 쥐여주었다. 북적이는 카페에 있었지만, 저마다 자기 할 일을 하느라 누구도 가은에게 관심을 두지 않았다. 그 덕분에 가은은 한동안 강아지를 껴안고 있을 수 있었다. 잠시 후, 가은은 강아지를 놓아주었다. 어슬렁어슬렁 느릿한 발걸음으로 강아지는 시야에서 사라졌다. 가은은 벌겋게 얼룩진 얼굴을 가리기 위해 마스크를 집었다.
"가자."
"가은, 어디 가려고."
"집. 아무도 없으니까 같이 가자."
"그래. 가자."

친구는 가은을 부축하듯 가까이 선 채로 카페를 나섰다.

❧

"어, 이게 뭐야? 양모펠트인가?"
바닥에 가지런히 놓인 동그랗고 단단한 털 뭉치를 집어 들며 친구가 물었다. 양손으로 감싸더니 손가락 끝에 힘을 주어 털 뭉치가 얼마나 단단한지 파악하고 있었다. 탁. 친구 손에 들려 있던 공을 순식간에 가은이 가로챘다.
"만지지 마."
놀란 친구가 돌아보자, 가은이 고개를 숙인 채 가로챈 털 뭉치를 만지작거리며 아랫입술만 깨물고 있었다. 친구는 가은을 다독이려 손을 뻗었다가 다시 제 몸 가까이로 거뒀다.
"아… 기분 나쁘게 하려던 건 아닌데, 미안해. 촉감이 신기해서."
"사실, 이건 보미 털 빗겨주면서 빠진 털로 만든 공이야. 네 말처럼 양모펠트를 닮긴 했다."

"아, 난 전혀 몰랐어."

"맞아. 사실 모르는 게 당연해. 그런데 나한테 진짜 소중한 거거든."

"마음대로 만져서 미안해. 진짜로."

친구는 우두커니 서 있는 가은을 침대에 앉히고 옆에 천천히 앉았다. 그러고는 털 뭉치를 감싼 채 머뭇거리는 가은의 손을 포개어 잡았다.

"난 말이야, 이 공을 매일 만지고 싶으면서도 또 만지기가 무서워."

"… 보미가 보고 싶어서 그래…?"

가은은 쏟아질 것 같은 눈물을 참아보려고 고개를 젖혀 천장을 바라보았다.

"이 털 뭉치라도 남겨줘서 고맙다가도, 고작 이것밖엔 만질 수 없다는 게 너무 끔찍해서. 나 이 공보면서 울다가 웃고, 또 웃다가 울어. 미친 사람처럼."

톡. 닦을 새도 없이 가은의 볼을 빠르게 지난 눈물은 손 등에 떨어졌다.

"내가 위로를 해주고 싶은데, 도대체 어떤 말이 위로될지 모르겠다."

가은은 벌떡 일어나 책상으로 가서 티슈를 서너 장 뽑아 양 눈에 가져다 댔다.

"뭘, 위로야. 그냥 이렇게 나 보러 와준 게 어디야. 그래도 네 덕분에 바깥바람도 쐬고. 카페에서 만난 강아지도 그렇고 …마워."

"뭐라고?"

"고마워. 고맙다고. 고. 맙. 다. 고. 엄. 청."

"고마운 줄 알았으면 됐다. 네가 안 나온다고 고집부리는데 별 수 있니."

친구는 눈을 흘기며 입술을 삐죽거렸다.

지잉. 친구의 휴대전화에서 진동이 일었다.

"너, 뭐 왔나본데!"

가은의 말에 휴대전화를 확인한 친구가 자리를 박차고 일어났다. 그리고 갑자기 현관으로 뛰어나갔다.

"오, 나이스 타이밍. 가은아, 얼른 상 펴!"

"상은 왜?"

"왜긴 왜야. 엽떡 왔어. 지금 문 앞에 도착했대."

"아. 뭐야. 나 방금 진심으로 감동했어."

가은은 침대 프레임 아래에 숨겨져 있던 접이식 탁상을 꺼내여 웃었나. 삭삭삭삭. 근래 가장 빠른 속도로 싱다리를 펼치는 가은의 얼굴엔 모처럼 옅은 미소가 비쳤다.

여름이 와도 봄을 잊는 건 아니야

 아직 6월임에도 벌써 한낮 기온이 30도를 넘은 지 오래되면서, 매일 휴대전화로 폭염 주의 알림이 울렸다. 이렇게 무더운 날씨에 다희는 지독한 감기를 앓았다.
"윽."
"왜 그래?"
"아…. 코를 너무 많이 풀어서 귀가 아파. 귀에서 피 나는 거 아냐? 한 번 봐봐, 언니."
"어휴, 엄살은. 대충 모자 쓰고 나와."
"나 아픈데 어디가?"
"어디긴, 병원 가야지. 나와, 빨리."
 모자를 푹 눌러쓰고 방문을 나서는 가은의 뒷모습을 보며 다희는 왠지 미소가 지어졌다.
 병원 진료 후, 처방받은 약을 꺼내 먹으려던 다희를 가은이 막아섰다. 아침도 먹지 않았는데 빈속에 약을 먹으면 안 된다며 밥을 사주겠다고 했다. 자매는 병원 건물 1층에 있는 분식집에 들어갔다. 둘 다 배가 고팠는지, 음식이 나오자마자 대화 없이 먹기만 했다.

"에이, 이게 누가 맞아. 아기 거라니까, 이건."

"새 것이니까 가져와 봤지, 뭐. 가져가요, 일단."

"아휴, 어쩜 좋아 이걸. 누굴 입히나. 우리 애는 4살이라니까."

가게 앞에 찾아온 지인과 이야기 나누던 분식집 아주머니의 손엔, 자그마한 옷이 들려 있었다. 아기 옷이라기엔 너무 작았고, 인형 옷이라기엔 다소 큰.

"혹시 강아지 키워요?"

대뜸 분식집 아주머니가 물었다. 통통한 쌀떡을 입에 넣으려던 가은의 손이 멈췄다. 순간 가은이 집었던 떡이 접시로 떨어져 소스가 잔뜩 튀어버렸다. 테이블에 있는 서랍을 열어 오돌토돌한 티슈를 꺼내 붉은 소스가 튄 티셔츠를 북북 문질렀다.

"...네. 그랬죠."

얼마 전에 무지개다리 건넜어요, 라는 말은 삼킨 가은이었다. 떡볶이 얼룩을 지우기 위해 고개를 숙인 것인지, 머리칼로 얼굴을 가리고 싶은 마음에 시선을 떨군 것인지 도통 알 수 없지만, 가은은 한참 동안 바닥에서 시선을 떼지 않았다.

"아니, 우리 아이는 4살이라니까 4개월짜리 입힐만한 옷을 가져왔지, 뭐야~ 우리 집 애가 말티즈거든요. 하얘서 핑크가 잘 받긴 할 텐데, 너무 작아서 못 입혀, 이거는."

한 손에 강아지 옷을 펼쳐놓고 앞뒤로 뒤집어가며 도저히 못 입힌다고 거듭 강조했다.

"여기 둘 테니까, 혹시 필요하면 가져가요~"

아주머니는 새것 같은 강아지 옷을 빈 테이블에 올려놓고 주방으로 들어갔다. 아무리 벅벅 문질러도 이미 번질 대로 번져버린 얼룩을 바라보던 가은의 시선이 테이블 위에 올려진 옷에 닿았다. '우리 보미도 하얘서 핑크 잘 어울렸는데' 다시 떠오른 보미 생각에 눈물이 차올랐다. 거칠게 티슈를 뽑아 젖은 눈을 북북 닦았다. 다희도 바쁘게 움직이던 젓가락을 내려놓았다.

"약 먹고 가자."

"응."

자매가 떠난 테이블 위에는 반도 먹지 않은 음식들이 덩그러니 놓여 있었다.

오랜만에 활짝 열어둔 창문 사이로 살랑이는 바람이 들어왔다. 틈새로 들어온 햇빛은 매우 얇고도 눈부신 선을 만들었다. 거실 바닥에 드문드문 조명을 켜둔 듯 환했다. 바람에 흔들린 블라인드와 창틀이 닿아 생기는 규칙적이지 않은 소리가 적막을 깨주었다. 사실 가은은 알고 있었다. 죽은 생명을 살려내길 바라는 게 아니었다. 자기와 똑같은 경험을 한 사람이 불쑥 나타나서 위로해주길 바란 것도 아니었다..

 한 집에서 보미와 살을 비비고 살았던 가족끼리도 각자 이 시간을 극복해 내는 방법이 달랐으니까. 홀로 속이 문드러질 때까지 참으면서도 가족에게 티 내지 않는 아빠, 보미와 추억이 많은 공간에 가장 많이 머무르면서 가족을 한 끼라도 더 먹이려고 밤낮으로 요리하는 엄마, 하루도 거르지 않고 친구들과 약속을 잡으며 바쁜 일상을 이어가는 다희, 집과 회사만을 오가며 겨우 연명하는 삶을 사는 가은까지. 누구 하나 쉬운 일상은 없었다. 그저 자기가 할 수 있는 최선으로 보미의 죽음을 받아들이며, 아등바등 살아낼 뿐이었다.

책상에 앉아 손을 뻗으면 닿는 거리에 꽤 두터운 앨범이 꽂혀 있었다. 보미의 어린 시절부터 마지막 날 모습까지 인화해 둔 앨범이었다. 가족들과도 공유하지 않은, 가은이 따로 선별해서 한 장 한 장 끼워둔 추억이었다. 그리고 그 앨범에는 아무에게도 보여줄 수 없는 가은의 비밀 일기도 기록되어 있었다. 딸깍. 가은은 오랜만에 빈 페이지를 펼쳐 글을 적어 내려갔다.

 보미는 이제 없다. 무지개다리를 건넜다는 순화한 표현도 있지만, 있는 그대로 말하면 보미가 죽었다. 강아지의 수명으로 생각해 보면 충분히 오래 살았다고 한다. 알고 있다. 그렇지만, 그 말이 보미를 잃은 슬픔을 딛고 일어서는데 그다지 위로가 되지 않았다.
 내게 필요한 건, 보미가 그래 준 것처럼 곁에 머물며 사랑을 피부로 전해줄 대상. 그뿐이었다. 그건 나와 같은 일을 겪어본 사람들만 할 수 있을 거로 생각했다. 강아지를, 가족을 떠나보내 본 사람들만 내 마음을 알아줄 거로 생각했다. 전에 사진작가님이 왜 친구를 꼭 만나라고 했는지 이제 알겠다. 강아지를 잃어본 사람만 가려 만나지 않고, 나를 아끼는 사람을 만나 마음을 털어놓는 게, 쉬우면서도 잘 이별하기 위한 어려운 방법이라는 것을. 그건 상대를 감정 쓰레기통으로 여기는 것과는 다르다. 제발 오늘 하루라도 내가 살 수 있게 도와달라고, 뭐든 해달라고 애원하는 것과 같았다. 사랑하는 가족이나 친구들은 그걸 분명 알아챌 거라고도 믿는다. 사랑이 있다면 누구든지 언제든지 날 살릴 수 있다.

그리고 보미 덕분에 알게 됐다. 가만히 옆에 있어주는 것, 부드러운 제 몸을 마음껏 만질 수 있게 허락해 주는 것, 대꾸하지 않아도 내가 다 말할 때까지 들어주는 것. 아무리 힘든 일을 마주해도 보미를 돌보면서 그 덕에 나도 하루 더 살았다는 것을. 그건 내가 보미에게 받은 사랑의 모양이었다. 보미가 나랑 똑같은 하루를 보냈거나, 내 감정을 정확히 읽어서 나를 위로한 게 아니었다. 그저 사랑이면 충분했다.

후. 긴 숨을 뱉으며 쉴 새 없이 써 내려간 자신의 글을 찬찬히 바라보았다. 중간중간 떨어뜨린 동그란 눈물자국이 잉크를 번지게 했다. 가은은 아무래도 좋다고 생각했다. 이제는 다음을 준비할 수 있을 것 같았으니까. 일어나 옷장을 활짝 열었다. 그리고 가장 밝고 화사한 옷에 손을 뻗었다.

가은이 드디어 가족과 함께 여행을 가기로 했다. 백미러를 통해 두 딸이 뒷좌석에 나란히 앉아 있는 모습을 보는 아빠의 얼굴에 미소가 피었다.
"자, 출발합니다~"
"바다는 동해지."라는 아빠의 철칙에 따라 짙은 푸른색 바다에 도착했다. 얕은 파도가 잔잔하게 일렁였고, 군데군데 새하얀 갈매기가 모래사장을 누비고 있었다. 차에서 각종 캠핑용품을 번쩍 들어 옮기는 가은을 보며 다희가 말했다.
"언니, 그거 안 무거워? 그거 8kg이야. 기운이 장사네. 저걸 어떻게 혼자 여기까지 옮겼어?"
"이 정도는 일도 아니야. 나 전엔 보미랑 보미 물건 잔뜩 들고 혼자서 30분이고, 1시간이고 산책도 다닌 걸~ 아직은 손이 가벼운 게 조금 낯설어."
 가은은 쪼리를 신은 채 바닷물에 발을 담갔다. 더위를 싹 가시게 만드는 차가운 느낌에 절로 미소가 지어졌다. 20대 두 딸보다 요즘 유행하는 것에 관심이 많은 아빠가 찾은 장소라 그런지, 눈부신 경치와 어울리지 않게 관광객이 거의 없었다. 유명해지기 전, 쓰레기 하나 없는 깨끗한 바다와 그 풍경에 기분이 좋았다. 한참을 첨벙이며 놀다가 화장실을 찾았다. 쾌적한 상태의 화장실 안, 세면대에서 손을 씻은 후 선글라스에 끼워진 머리칼을 정리하고 있었다.

낑. 끼잉. 낑.

머리를 매만지던 가은의 손이 멈추었다. 강아지 소리잖아, 일순간 양팔에 소름이 돋았다. 뒤를 돌아 바닥으로 시선을 떨구니 네 발이 꼬질꼬질한 아기 강아지가 한 마리 있었다. 반쯤 감긴 눈에 아직 분홍빛이 남아 있는 코를 보자 가은은 미소가 터져 나왔다.

"너 왜 여기에 혼자 있어? 귀엽게 생겨서~"

양손으로 강아지를 번쩍 감싸안았다. 강아지 발에 묻어 있던 흙이 옷에 묻었지만, 그쯤이야 아무 상관 없었다. 한 손으로 몸통을 감싸 쥔 채 세면대의 미지근한 물로 발을 씻겨주었다.

"자, 이제 깨끗하지? 이제 엄마한테 가~"

강아지는 수세미 같은 귀를 팔랑이며 가은의 발끝을 핥았다.

"나 꼬시지 마. 너 충분히 엄청 귀엽거든."

가은은 뒷걸음질 치며 물러섰다. 엉금엉금, 느릿한 발걸음으로 다시 가은에게 다가오더니 이번에는 냅다 발 위에 얼굴을 올렸다. 흠칫. 당황스럽지만 사랑스러운 이 느낌이 정말 오랜만이었다. 어떻게 해야 할지 몰라 가은이 얼어있었다. 뒤늦게 화장실로 들어선 다희가 가은을 발견했다.

"언니, 왜 이렇게 안 나오는 거야~ 나 배고파. 밥 먹으러 가자. 얼른."

"못 가."

"엥? 무슨 소리야."

"여기 봐 봐."

가은은 바닥을 가리켰다. 다희가 선글라스를 벗으며 가은의 손이 가리키는 곳을 바라보았다. 거뭇한 렌즈에 가려 보이지 않던 아기 강아지를 목격한 다희는 소리쳤다.

"어머, 뭐야! 너무 귀엽잖아! 아가야, 너는 어디서 온 거야~"

잠시도 고민하지 않고 단숨에 아기 강아지를 들어 안았다. 강아지의 얼굴에 볼을 비비자, 어린 강아지는 다희의 볼을 핥았다.

"안 되겠다. 이건 진짜 안 되겠는데?"

"뭐가?"

"데려가자."

"언니가 그 말을 한다고? 진심이야?"

"응. 우리가 데려가자."

낯선 아기 강아지를 안고 환하게 웃으며 등장한 두 딸을 본 아빠가 사뭇 놀랐다. 하지만 이내 두 딸의 얼굴에 그토록 기다려온 진짜 웃음이 번져있는 걸 알아채고 아빠는 흔쾌히 수락하며 텐트에 벌러덩 누웠다.

"이름 뭐로 할까, 언니?"

"이미 정했어."

"언니 맘대로 정한다고? 그런 게 어딨어! 말해봐, 뭔데?"

"여름이."

우리 가족이 다 웃는 거 진짜 오랜만이다. 어이, 꼬맹이! 너 완전히 땡잡은 거야~ 우리 가족들이 얼마나 좋은데. 오래오래 잘 지내다 와야 해~ 아프지 말고! 그나저나 너는 이름이 뭐야? 나는 보미인데. 헤헤.

보미가 보내는 편지

 얼마 전, 우리 집에 새로 온 저 자그마한 강아지는 아무것도 모르고 여기저기 냄새를 맡고 있네. 이름이 여름이었지. 새로운 가족에게 너무 잘 왔다고, 우리 가족은 사랑뿐이라 편안히 지내면 된다고 말해주고 싶은데 너무 빠르게 움직여서 말해줄 틈이 없어. 한시도 가만히 있지를 않네. 사실 내 말을 들을 수 있는지도 잘 모르겠다. 헤헤. 나는 말이야, 진심으로 새 가족이 생긴 게 기뻐.

 여름이는 내가 떠난 빈자리를 자기만의 사랑의 모양으로 잘 채워줄 거야. 그래서 조금 마음이 놓여. 우리 가족들의 마음에 구멍 난 곳도 서서히 여름이만의 예쁨으로 채워줄 거라고 믿어. 마음의 구멍은 사랑을 받으면서도 채워지지만, 사랑을 주면서도 채워지니까. 주는 사랑의 힘은 다른 것과 견줄 수 없을 만큼 단단하다는 걸 우리 가족을 통해 배웠거든! 그래서 난 여름이가 우리 가족에게 찾아와서 너무 기뻐. 정말이야. 질투도 안 해. 나는 마지막 순간까지 온 가족의 사랑으로 둘러싸여 있었으니까. 그리고 그 추억들이 온기가 되어 내 온몸에 가득 남아 있으니까. 이젠, 많이 웃길 바라. 사랑하는 내 가족. 영원한 우리 집 막내, 보미가.

보미가 내주는 숙제 : 언니를 미소짓게 하는 존재를 더욱 사랑해보기

에필로그

 많은 견주님께서 이별을 지나온 이야기, 그리고 이별을 향해가는 이야기를 들려주셨습니다. 사랑스러운 강아지들의 모습도 보여주셨고요. 쉽게 털어놓을 이야기가 아니라는 것을 알기에, 정성을 담아 그 모습을 옮겼습니다. 이 책의 줄기가 되어준 해피(멍), 해피(냥), 또치, 또마, 밍밍이, 토리, 몽이, 이일이, 츄이, 짱순이, 산이, 바다, 공주, 연탄, 제리, 보미, 소망이와 보호자님들께 감사를 전합니다. 그리고 집필 기간 제 곁에 있어준, 이제는 세상을 떠난 제 반려 햄스터 뽀야에게도 고마움을 전합니다. 가능성을 보고 이끌어주신 아웃오브박스 윤성화 대표님, 심은선 편집장님, 아낌없는 응원과 지지를 전해준 가족들과 친구들, 사랑하는 남편에게도요.

 사랑을 계속 누리는 여러분 되시길 바랍니다.
 감사합니다.

† 하나님이 이르시되 땅은 생물을 그 종류대로 내되 그 가축과 기는 것과 땅의 짐승을 종류대로 내라 하시니 그대로 되니라 하나님이 땅의 짐승을 그 종류대로, 가축을 그 종류대로, 땅에 기는 모든 것을 그 종류대로 만드시니 하나님이 보시기에 좋았더라. [창세기 1:24-25]

반려인이 보내는 편지

제리야, 옆에서 코를 골며 자고 있는 널 볼 수 있음에 감사하다. 노견의 단계에 접어들었지만, 여전히 활동적이고 팔팔한 너를 보니 지금 허락된 이 시간들이 너무나도 귀하게 느껴진다. 잠시 외가댁에 맡겨진 시간들이 있었지만 거기서도 예쁨을 받고 사람처럼 할아버지 할머니께서 주시는 간식을 실컷 먹고 살 찐 너를 봤을 때 정말 놀라기도 했단다.

한편으로는 같이 있어주지 못해서 미안한 마음도 동시에 존재해. 견생의 반 정도인 4년을 떨어져 지냈다는 사실 때문에 더 많은 사랑을 주려고 노력하지만, 잘 하고 있는지는 모르겠네. 주인 맘이 좀 오락가락 해ㅎㅎ

앞으로 얼마의 시간이 우리에게 허락되어 있을지는 모르겠지만 후회 없는 시간들이었으면 해. 주위에서는 이별의 시간을 준비를 해야 하지 않냐는 말들이 있는데, 아직은 그럴 자신도 없고 미리 준비한다 해서 그 충격이 줄어들 것 같지도 않아. 그건 시간이 차차 알아서 해결해 줄 영역이겠지.

제리야. 아프지 말고 건강하게 있다가 이별하자. 인간의 욕심대로 사는 것이 아닌, 창조주께서 허락해 주신 그 시간만큼만 있다가 가자.

† 제리 / 남 / 제퍼니즈 스피츠

반려인이 보내는 편지

이일아, 잘 지내니?
처음 너를 임보하게 된 건 우연이었는데, 지금은 가끔 너무 보고 싶어. 지금 새로운 주인 만나서 너무너무 잘 지내고 있어 보여서 진짜 다행이야. 너같이 착한 강아지를 만날 수 있었던 건, 나에게 너무 소중한 기회였어.
가끔 너무 모질게 장난쳐서 미안해. 근데도 너무 착한 너는 짖지도 않더라! 고마웠어. 너는 몰랐겠지만 나에게 정말 큰 존재였어. 자정을 넘기고 터덜터덜 집으로 돌아와서 침대에 누우면 몇 시간 못 자는 거 알면서도, 너한테 다 털어놓고 싶고 장난치고 싶었어. 그래서 네가 가고 좀 공허했어. 어두컴컴한 밤을 진짜 싫어하는 내가 너랑 같이 있으면서 몽글몽글한 새벽 감성의 맛을 알게 된 것 같아. 비 오는 날에 개구리 비옷 진짜 불편했지? ㅋㅋ 근데 너무 귀엽더라.
우리집에서 답답하고 또 지루했을 텐데 지금은 애견카페도 자주 가고 식단도 아주 맛있게 챙겨주는 주인 만나서 참 다행이다. 너에게 맞는 착하고 사랑이 넘치는 주인분 만난 것 같아! 너랑 산책했던 시간들이 그립다.
다음에 너 만나러 갈게…! 잘 지내!

† 이일이 / 남 / 초코 푸들

반려인이 보내는 편지

연탄아, 중학교에 입학하는 날 내게 왔지.
때론 날 물거나 으르렁거릴 때도 있었지만, 그래도 난 네가 좋았어, 내 첫 동생이었거든. 내가 아플 때 옆에서 자고 내가 우울증에 시달려 자살시도 할 때도 옆에서 울어준 너를 보며 때론 천사인가 싶기도 했어. 네가 아팠을 때 매번 병원을 데려다주면서 일을 빠지게 되도, 전혀 개의치 않을 정도로 너무 소중했어.
그래서 일이 끝나고 온 집 문턱에 죽은 널 본 순간 내 세상이 무너졌어. 차라리 내가 죽지, 아무 죄 없는 우리 동생은 왜 데려가냐고 모태신앙이던 내가 신에게 욕을 하게 되더라.
널 화장하고 유골함을 집에 데려왔을 때도, 나는 네 온기가 아직 느껴지는 듯해서 잠을 못잤어. 꿈속에서 네가 그랬지? 비행기 타고서 먼저 간다고. 날 쳐다보고는 그렇게 말하고 떠났어. 우리 가족 아무한테도 꿈속에 안 나타나주던 네가 말이야. 네가 떠난 지 어느덧 5달이나 지났어. 시간이 약이라는 말이 참 무색하게도 난 네 얼굴마저 흐릿하게 기억에 남는다. 네 온기에 향기가 사라진다. 네가 준 사랑이 말라간다. 그럼에도 너가 내게 준 생이기에 난 오늘도 살아. 사랑해 내 동생. 평생 영원히. 내 하나뿐인 동생 연탄아.
넌 내 세상이었어, 내 곁에 있어줘서 고마워.

† 연탄 / 남 / 치와와

반려인이 보내는 편지

오늘 어떤 글을 보다가 '벼락치기 이별'이란 단어를 봤어. 나는 해피와 18년을 함께 매 순간을 함께 했지만 너를 떠나보내기 위한 준비는 벼락치기처럼 급하게 하던 게 떠올라.
항상 네게 가장 미안한 건, 너에게 시간이 얼마 남지 않는다고 했을 때 아픈 너를 데리고 억지로 산책을 시킨 일이야. 너를 위해서가 아니라 나를 위해서였던 것 같아. 이대로 네가 떠나면 미안함이 영영 남을까 봐 무서워서. 다시 그 시간이 온다면 너의 옆에서 오랫동안 진심을 다해 사랑한다고 말해주고 싶어. 마지막 순간까지 난 이별이 서툴러서 너를 끌어안지도 마지막 인사도 온 힘을 다하지 못한 것도 미안해.
나의 영원한 강아지 해피야. 난 언제나 12월 끝자락 한 해가 될 때마다 널 기억하고 추억하며 1년을 돌아보듯 너를 그렇게 되짚어볼게. 언제나 영원히 평생을 난 널 사랑할 거야.

† 해피 / 여 / 말티즈

반려인이 보내는 편지

또치,
너로 인해 우리 가족은 행복과 기쁨이 넘쳤었어. 늘 퇴근하고 혹은 학교 끝나고 돌아올 무렵 너는 모든 가족들을 꼬리를 흔들며 반겨주었지. 아빠의 무차별 공격 속에도 당황하지 않고 짖어대던 너의 모습도 재밌었어.
엄마한테 혼날 때도 또치 너는 꼬리를 흔들며 나만 쳐다봤었지.
내가 누워있으면 항상 양말을 벗기고 옷 속으로 들어와 핥아대던 상황도 참 재밌었어. 요즘은 부쩍 병원도 자주 가고 아프기도 하지만, 우리 가족을 바라보는 너의 눈빛은 하나도 변하지 않음에 신기했어. 몸은 힘들어도 꼬리로 표현하는 너의 반가움을 마주할 때면 다시 힘이 솟아.
또치로 인해서 10년 동안 우리 가족은 정말 행복했고, 기뻤고, 재밌었어. 나에게 있어서 또치 너는 행복을 가져다주는 선물이었어. 이제는 이전과는 다르게 아픔을 겪고 있어서 안타깝고 마음이 아플 때도 있지만 또치에게 남은 시간 만큼 또치와 함께 더욱 행복하기를 바라, 사랑하는 또치!

† 또치 / 남 / 치와와

반려인이 보내는 편지

다시 보고 싶어, 아가.
특히 엄마가 많이 보고 싶어 해.
마지막 가는 길, 안아주지 못해서 미안해.
자신이 없었어. 오빠가.

† 몽이 / 여 / 말티즈, 시츄 믹스

반려인이 보내는 편지

먼저 하늘나라로 간 츄이. 교환학생으로 지내던 그 짧은 시간 봤지만 정이 들었나 보다. 기다리지 못해 꿈으로 환상으로 찾아와 줘서 고마워. 만날 날을 기다릴게.

† 츄이 / 남

The brave dog,
almost 15 yrs old.

반려인이 보내는 편지

항상 생각하고 있는 거지만, 내가 죽으면 꼭 나를 마중 나왔으면 좋겠어. 강아지 별에서 어떻게 지냈는지도 너무 궁금하고 아프진 않았는지 내가 못해줘서 미안했다고 얘기도 하고 싶어. 너무너무 보고 싶었다고 꽉 끌어안고 얘기하고 싶어. 꼭 다시 만나. 꼭 아프지 말고 맛있는 거 많이 먹고 날 기다려줘. 늦겠지만 꼭 만나자^^

† 산이 / 남 / 미니핀
바다 / 남 / 푸들
공주 / 여 / 말티즈

반려인이 보내는 편지

보미야, 17년 꽤 오랜 시간을 함께 보냈지만 나는 너무 짧게 느껴져. 나는 아직도 고등학교 1학년 여동생이 수학여행 갔다가 안 돌아온 것 같은 기분이야. 말이 안 된다 해도, 이 기다림을 영영 그만둘 수가 없을 것 같아. 네가 떠난 지 벌써 3년이 넘었는데 언니는 네 생각만 하면 아직도 수도꼭지라도 튼 것 마냥 눈물이 나. 이 그리움을 어떻게 말로 다 표현할 수 있을까. 이 빈자리를 어떻게 채울 수 있을까. 그럴 수 없을 것 같아. 지금도 엄마나 아빠한텐 네 생각이 너무 나서 힘들다고, 네가 없는 하루하루를 사는 게 너무 힘이 든다고 터놓고 얘기할 수 없어. 네 생각으로 내가 너무 힘들어하지 않길 바라서 그런 건지 더 이상 네 얘기로 슬픔을 떠올리고 싶지 않아 하셔. 그래도 늘 네 얘기를 웃으면서 나누곤 해. '우리 보미가 진짜 똑똑했지', '강아지 모델을 시켰어야 했는데', '키울 땐 몰랐는데 아직도 우리 보미보다 예쁜 강아지는 없지' 하면서. 나는 그런 생각이 들어. 이런 우리를 네가 어디선가 다 보고 있을까? 나는 그럴 것 같아서 '좀 더 좋은 사람이 돼야지' '좀 더 착하게 살아야지' 생각해. 난 늘 보미가 옆에 있다고 생각하면서 살고 있어. 잘 지켜봐 줘. 언니가 남은 시간 열심히 잘 살다가 우리 보미 보러 갈게. 그때 또 반갑게 만나자. 거기선 우리 보미 행복한 꽃길만 걸어♡

† 보미 / 여 / 말티즈

봄 내음보다 너를

초판 1쇄 발행 2025년 3월 23일

지은이 강설
펴낸곳 아웃오브박스 / **편집** 심은선
디자인 쇼이디자인

출판등록 2018년 2월 14일 제 2018-000001호
주소 경상남도 밀양시 새미안길 9-1 갤러리빌라 101호
전화 070-8019-3623
메일 out_of_box_0_0@naver.com

ISBN 979-11-984561-5-1 (03810)

*정가는 책 뒤표지에 있습니다

이 책의 판권은 지은이와 아웃오브박스에 있습니다.
이 책은 저작권법에 의해 보호를 받는 저작물이므로 무단 복제 및 무단 전재를 금합니다.